滄海叢刊

鏡花水月

—文學理論批評論文集—

陳國球 著

1987

東大圖書公司 印行

© 鏡花水月
——文學理論批評論文集

作　者　陳國球
發行人　劉仲文
出版者　東大圖書股份有限公司
總經銷　三民書局股份有限公司
印刷所　東大圖書股份有限公司
地址／臺北市重慶南路一段六十一號二樓
郵撥／〇一〇七一七五一〇號
初　版　中華民國七十六年十二月
編　號　E 82046
基本定價　叁元壹角壹分
行政院新聞局登記證局版臺業字第〇一九七號

自序

「鏡花水月」一語暗示了兩個世界：鏡子外的世界和鏡子裏的世界。人自以為生活於鏡外，所以看到感到的無不眞實；但處身鏡外是否就能盡見眞象呢？人永遠看不到自己，除非通過鏡。無論以銅為鏡還是以人為鏡，人總賴其反映功能去了解自我；因為自己親眼所見的世界不可能有一個完整的我，只有把自我放置入鏡中，才能有人有我，才能主客並呈、物我同現。從這個角度而言，鏡中的世界或者比自己親眼所見的世界更為眞實。當然，對於執持佛義的人來說，現實世界本來就不眞實；但對於希臘神話中的美少年來說，倒影中的世界卻是他的生命歸宿。後者不曾意識到世界上有鏡子，於是一切皆眞；前者覺得世上無處不是鏡子，別無鏡外世界，於是一切皆假。「鏡中花」、「水中月」這個「迷思」，究竟是無限的大還是絕對的眞，就要看鏡子能否定位、如何定位。

有人將文學比喻作鏡子，透過鏡中的倒影，我們可以感知作家的心靈、窺見宇宙世界或者自然大道，而自我也可能存在於鏡中宇宙的某個國度之中；閱讀文學作品可能就是閱讀自我處身的世界，或竟就是閱讀自我。有人從文學作品中找尋眞實，將作品看作史册；也有人把宇宙世界視作一個文學作品，或者說世界就是text。在水仙子的眞誠和禪宗的超悟之間，如何把鏡子定位，大概是文學理論和批評的工作範圍。文學理論想探明何者方爲水中月、何者才是鏡中花；也關心水是清還是渾，鏡是明還是昏。文學批評要知道水如何映月，鏡如何照花；更追問水月是否宛然，鏡花是否爛然。如何審視文學這面鏡子，如何辨明水中鏡外的二重世界，一直是我思索的問題。於是，就將這本文集題作「鏡花水月」。

以「鏡花水月」爲書名的另一個原因是文集中收錄了我的一篇〈論鏡花水月〉。本文所論的重點是這個象喻在傳統詩論中的作用。文章寫成後才看到孫昌武先生在《文學遺產》發表的〈讀藏雜志〉，其中討論到「空中之音，相中之色，水中之月，鏡中之象」這一連串象喻的佛典淵源，大可補足拙文開首部分的論述；孫先生文現已收入其《唐代文學與佛教》一書中，由陝西人民出版社於一九八五年出版。「鏡花水月」一喻，除了在文學理論方面發生作用之外，在實際批評之中亦不罕見；此外，在傳統文學作品中也常常成爲一個重要的象徵；但有關這方面的討論，目前還不多見，希望將來有更多學者對中國文學中的「水月鏡象」作出全面和深入的研究。

〈司空圖《詩品》〉一文原是爲《經典》叢書本《二十四詩品》寫的導言。書還未出版，其中部分論點因爲經過轉引，居然在第一屆中國文學批評會議上引起一番熱烈的討論。可惜當時我未得恭逢盛會，聆聽諸先生的教益。據悉諸家所議，僅是拙文見引的部分，希望在全文刋出以後，大家繼續賜教指謬，讓我有進一步學習的機會。在此我想稍加補充，解釋一下我的想法。文中解釋甚麼是「後設詩歌」時，曾經借用了「後設小說」的觀念以助析述；但我無意將「後設詩歌」等同於西方的「後設小說」。事實上「後設小說」本來就是一個很有彈性的術語，文中引述的定義也不够周延，或者說不完全準確。現代理論家在應用「後設小說」一詞時，往往包容了許多類型的小說；可以肯定的是，充斥於這些小說中的種種現代社會意識和經驗，不可能是另一個時空的作家或批評家，例如司空圖，所能領受的。如果有人要執著西方「後設小說」的各項特質來強求於《二十四詩品》，那大概是出乎本文作者意料以外的不太美麗的誤會。本文的目的絕不在把《詩品》「附會」到「後設小說」——這是沒有意義的工作：即管所有《詩品》的特質都類同「後設小說」的定義，也不代表甚麼。我企圖提出的，是透視《詩品》的一個角度——也絕不是唯一的角度。我認爲司空圖的《詩品》是以詩本身的體類特質去顯示詩這一體類的作品所能造達的各種特質；或者說：《詩品》各則運用「另一種語言」（詩的語言）去描述或者顯現這「另一種語言」的製成品的普遍現象（詩的風格或美感經驗的類型）。這是我稱之爲「後設」的重要理由之一。進一步說，我覺得《詩品》的表現或傳達過程的部分程序與某些「後設小說」的表現手法有可以參照對比的地方，而這些地方又剛好是文學作品轉化成文學理論的重要關節。持有這個看法，是我選用「後設」這個前綴的另一個原因。不過我對「後設詩歌」一詞並不執著，我認爲我只是提供一種閱讀詮釋的方法；只要我們不把《詩品》及其釋義視爲一個封閉的系統，則我相信這個詮釋的嘗試還是有意義的。

〈《懷麓堂詩話》論杜甫〉是香港浸會學院三十周年紀念「唐代文學研討會」上提交的論文，可算是一篇小題小做的文章。在這裏我想就文章的楔子附言幾句。文章開首提到裴斐的〈歷代李白評價述評〉，這類文章其實可以納入「接受美學」(reception aesthetics)的研究範圍之內；李白或者杜甫這類重要詩人在往後各時期中如何被接受承納，實在值得我們探討，過去也有一些個別的討論文章。然而，若要全面理解某個時期的「文學正典」(literary canon)，還有待更有系統的深入研究。就裴文而言，作者得出明代是「揚李抑杜」時期的結論，便很值得我們深思；如果可供選擇的材料不足，或者選取者有意無意的偏重某些材料，就可能引導我們錯誤理解當時的文學現象。「接受美學」一派文學史理論最招人詬病的地方，就是假設文學史的研究者可以比文學史中人(作家、批評家)「客觀」。事實上這是絕難保證的。但話得說回來，文學理論若果發展到連研究者自己也不信任自己時，那又是否是一個值得慶幸的境界呢？

〈變與不變〉一文也是一篇學術會議上宣讀的論文，其中內容大概不必饒舌覆述，或者有點文字因緣可以在此稍稍提及。此文的底本原是我的碩士論文的其中兩章，我把它改寫成以問題爲中心的論文，提交第四屆國際比較文學會議，後來依例在《中外文學》發表。最近我有機會再度來臺參加會議，乘便借閱了一本題爲《胡應麟的詩史觀與詩論研究》的碩士論文。在拜讀之後，我就有一點奇怪的感覺。這篇碩士論文正式徵引了拙撰的〈變與不變〉和另外一篇〈興象風神析義〉，在徵引時並指出兩文的不足之處（這是我應向作者先生道謝的）。然而在其他地方，或者說整本論文的架構和資料的運用，甚至大量文句的遣詞用字，都與我當時（一九八五年四月）未出版的碩士論文非常相近，相信作者先生是看過我的論文而據此（再加上一部分其他有關論著的資料）剪裁潤飾而成。這位先生願意費心修補我這粗劣的少作，自當感激拜謝，但依照一般學術論文的通例，作者似乎不應吝嗇在文中齒及拙撰碩士論文的題目；可是無論在正文、附註或參考書目之中，拙作的題目都不曾出現。這個疏忽可能會令人誤會了作者的動機和態度；對被徵引者而言，也有被委屈的感覺。但無論如何，寫了文章而又有人願意看，也就值得安慰。

由研究胡應麟的詩史觀開始，引起了我對文學史理論研究的興趣，花了好些時間看 Lovejoy 的意念史（history of ideas）理論；看得更多的是 Wellek 的文學史理論；由美國時期的 Wellek 追踪到布拉格學派時期的 Wellek，看他如何參與當時的文學史論爭，由此又追踪到 Mukařovský 以至 Vodička 的文學史理論，於是寫成了〈文學結構的生成、演化與接受〉一篇文章。回顧這段「遊學」的歷程，也覺得有點出乎意料之外。

本書還收錄了幾篇學術書評。鄭子瑜先生的《中國修辭學史稿》是同類型著作的第一部，其所論範圍與中國文學批評也大有關連；在拜讀之餘，我也記下了一些個人的觀察，並試圖就一些理論問題提出初步的意見以供大家討論。另外評朱榮智先生和張健先生大著二文，本是應一份學報的書評編輯之命而寫；原意預備就已面世的斷代批評史作一系列的討論，最後可以作出一些理論總結。但只寫了兩篇就沒有繼續下去。

近十年來我只沈迷於古典文學理論的研習，對最初鍾情的現代文學已經日漸淡忘。多年來只寫過一篇介紹《張愛玲短篇小說論集》的短文，就像在潮湧的鬧市中向對岸的故人作個遙遠的問候；不過，在按紙提筆時，我已經有「君平既棄世，世亦棄君平」的感覺。本書收入這篇短文，希望以此爲誌，將來再有「共剪西窗燭」的一日。

本書大部分篇章都曾經在各報刊中發表，於此謹向各位編輯先生致意。又因爲各刊對論文格式的規限不一，原稿也就未能有統一的規劃；結集時承東大圖書公司編輯部耗費大量勞力爲拙稿修輯，在此亦請讓我表示衷心的謝意。

陳國球

一九八七年十一月十二日

於聯福校區第五座

目次

論鏡花水月

——一個詩論象喻的考析

我國古代很多批評家都愛用形象化的語言去品評作家和作品，例如湯惠休說的：「謝詩如芙蓉出水，顏如錯采鏤金」，❶又如張說也用過「良金美玉」、「孤峯絕岸」、「瓊杯玉斝」等語去品評個別作家的文章；❷到皇甫湜更連篇的運用「楩木枏枝」、「赤羽玄甲」、「高冠華簪」一類品評字眼，寫成「諭業」一文。❸這一點很多學者都有留意甚或詳細分析過。❹然而除了在

❶ 載陳延傑注《詩品注》（人民文學，一九八〇），卷中，頁四三。
❷ 載《舊唐書》（中華，一九七五），卷一九〇上，〈楊炯傳〉，頁五〇〇四。
❸ 皇甫湜《皇甫持正集》（清光緒二年「一八七六」讀有用書齋校刊本），卷一，頁七下——十上。
❹ 參郭紹虞《中國文學批評史》（上海古籍，一九七九），頁一五二——一五四；羅根澤《中國文學批評史》（古典文學，一九五七），第二冊，頁二三八——二四一；黃維樑《中國印象式批評：詩話詞話傳統研究》*Chinese Impressionistic Criticism: A Study of the Poetry-talk* [*Shih-hua tz'u-hua*] *Tradition* (Ph. D. disseration, Ohio State University, 1976), pp. 86-97. 及《中國詩學縱橫論》（洪範，一九七七），頁一——二六。

這實際批評的範疇可以見到形象化語言的運用之外，在文學理論的範疇之中，也很容易看到類似方法的應用；例如劉勰在《文心雕龍》〈情采〉解釋「文」、「質」的關係時，就採用很多形象化的象喻：「木體實而花萼振，文附質也；虎豹無文，則鞹同犬羊，犀兕有皮，而色資丹漆，質待文也。」❺再如白居易〈與元九書〉說的：「詩者，根情、苗言、華聲、實義」，❻以及司空圖〈與李生論詩書〉以「辨味鹹酸之外」喻詩的「韵外之致」，❼都是著名的例子。本文預備探討的，是詩論史上一個頗爲常見的象喻——鏡花水月。

「鏡花水月」又作「鏡象水月」，其源起當自佛典；錢鍾書在《談藝錄》〈補遺〉中就引錄了《稱揚諸佛功德經》、《淨飯王涅槃經》、《說無垢稱經》、《月上女經》、《方廣大莊嚴經》、《文殊師利問菩提經》、《大乘本生心地觀經》、《摩訶般若波羅蜜經》等佛典用過這個比喻的經文。❽梁朝簡文帝有「十空詩」六首，其中有〈水月〉詩：

圓輪旣照水，初生亦映流；溶溶如漬壁，的的似沈鈎；非關顧兎沒，豈是桂枝浮；

---

❺ 劉勰著、王利器校箋《文心雕龍校證》（上海古籍，一九八〇），卷七，頁二〇五。
❻ 白居易著、顧學頡校點《白居易集》（中華，一九七九），卷四五，頁九六〇。
❼ 司空圖《司空表聖文集》（《四部叢刊》本），卷二，頁一上——三上。
❽ 《談藝錄》（龍門，一九六五），頁三六七——三六八。又參丁福保、何子培編《實用佛學辭典》（新文豐，一九七七），頁四八五，「水月」條；駒澤大學編《禪學大辭典》（東京大修館，一九七八），頁二二六，「鏡中像」條；頁六二九，「水月」條。

空令誰雅識，還用喜騰猴。萬累若消蕩，一相更何求。

又有〈鏡象〉詩：

精金宛成器，懸鏡在高堂；後挂七龍網，前發四珠光；迴望疑垂月，傍瞻譬壁璫；仁壽含萬類，淮南辯四鄉；終歸一亡有，何關至道場。

詩旨是教人「萬累消蕩」，說事物「終歸亡有」；再如另外四首：「如幻」、「如響」、「如夢」、「如影」，都是內典義理的闡釋。❾

在唐代詩歌中，亦可以見到「水月」、「鏡象」之喻，例如李白〈贈宣州靈源寺仲濬公〉就有：

觀心同水月，解領得明珠。

之句；王琦注云：

水月，謂水中月影，非有非無，了不可執，慧者觀心，亦復如是。解領，解悟也。明珠，喻菩提大道也。❿

又杜甫〈秋日夔府詠懷奉寄鄭監李賓客一百韻〉有說：

金篦空刮眼，鏡象未離銓。

❾ 丁福保編《全漢三國晉南北朝詩》（中華，一九五九），頁九〇六——九〇七。

❿ 李白著、王琦注《李太白全集》（中華，一九七七），卷十二，頁六三一—六三二。

仇兆鰲注云：

言金篦雖可刮去眼膜，而執鏡象以為實有，則猶未離銓量之間也。⑪

李白詩是送給佛寺中人的，而杜甫此二句也是在「門求七祖禪」一語之下的；再如錢起在〈東城初陷與薛員外王補闕暝投南山佛寺〉一詩說：

庶將鏡中象，盡作無生觀。

又在〈送僧歸日本〉詩說：

水月通禪觀，魚龍聽梵聲。⑫

其背景都與釋氏有關，可見當時詩家沿用這個象喻時，都以佛義爲喻旨。

到了宋代，談禪說偈的風氣更加盛行，於是有嚴羽的「以禪喻詩」；《滄浪詩話》中以「鏡象水月」爲喻來說明詩的本質，對後世詩論更產生很深遠的影響；其原文是這樣的：

盛唐諸人惟在興趣，羚羊掛角，無跡可求。故其妙處透徹玲瓏，不可湊泊，如空中之音，相中之色，水中之月，鏡中之象，言有盡而意無窮。⑬

嚴羽用「透徹玲瓏，不可湊泊」來描寫盛唐詩的「妙處」；其中「透徹」可指通透，「玲瓏」指明晰；意思說盛唐詩的好處是：能夠將作者的美感經驗毫無窒碍的、充份的傳達，讓讀者再度體

---

⑪ 杜甫著、仇兆鰲注《杜詩詳注》（中華，一九七九），卷十九，頁一六九九——一七一七。
⑫ 錢起《錢考功集》（《四部叢刊》本），卷二，頁三下；卷五，頁五上。
⑬ 嚴羽著、郭紹虞校釋《滄浪詩話校釋》（人民文學，一九六一），頁二四。

味這份美感經驗。「湊泊」是聚合、固定的意思；「不可湊泊」是說不能將詩當作實際事情的紀錄，將詩所表現出的環境經驗落實於現實世界的某些場景。以下一連四個象喻，都是爲了進一步闡明這不能泥於形跡之意。「空中之音」指不能尋見，只能感覺到其聲音，不能感覺到其形狀；「相中之色」的「相」在佛義中指一切事物外現的形象狀態；「色」指屬於物質的、可以變壞的一切。佛家有所謂「色卽是空」，就是說物質不能永恒存在，就好像空幻的一樣。依此則「空中之音」、「相中之色」的比喻，不外是強調這種難以捉摸，不能究實的性質。在嚴羽之前，張舜民於一系列宋代詩人的實際批評中，就已用過這兩個象喻，他說：

王介甫如空中之音，相中之色，欲有尋繹，不可得矣。⑭

其喻旨就是「不可尋繹」，不能落實。

至於「水中之月」、「鏡中之象」在佛典中也是用作不能捉摸，不能實求的比喻，例如《說無垢稱經》〈聲聞品〉說：

一切法性皆虛妄見，如夢如焰；所起影象，如水中月、如鏡中像。⑮

「音」、「色」、「月」、「象」本爲具體事物，這些景象能被感受到，就呼應了「透徹玲瓏」一語；再加上「空中之」、「相中之」、「水中之」、「鏡中之」等定語在前，說明這些景

---

⑭ 載趙與時《賓退錄》（《學海類編》本），卷二，頁十下——十一上。

⑮ 《談藝錄》，頁三六八。

象的虛幻和不能徵實，呼應了「不可湊泊」一語。嚴羽的目的是說明理想的詩所傳達的經驗有這種特殊的性質；這就好比司空圖在〈與極浦書〉引述的戴容州之說：

詩家之景，如藍田日暖，良玉生烟，可望而不可置於眉睫之前也。⓰

至於其中「水」、「鏡」、「空」、「相」究竟象徵什麼，根本就不在嚴羽的考慮範圍；或者可以說：「水」、「鏡」……並不象徵任何事物。美國學者林理彰 (Richard John Lynn) 在解釋嚴羽這些比喻時，認爲其中的「水」與「鏡」是象徵人的「心境」 (mirror-of-the-mind)：能反映「月」、「象」就代表心鏡澄明 (tranquillity of the mind)，可以感知外物的原來模樣 (gains an intuitive awareness of things as they really are)；詩人可以通過寫詩而做到自我修爲 (self-cultivation)，而終於可以爲聖賢 (sage)。這種見解雖然新穎，但似乎是出於他個人意願多於嚴羽的心思了。⓱

及至明代，沿用此一象喻的論說不在少數，例如李夢陽在〈論學〉下篇說：

古詩妙在形容之耳，所謂水月鏡花，所謂人外之人，言外之言。宋以後則直陳之矣，於是求工於字句，所謂心勞日拙者也。形容之妙，心了了而口不能解，卓如躍如，有而無，無

⓰ 《司空表聖文集》，卷三，頁三上。

⓱ 見林理彰〈正與悟：王士禛詩論及其淵源〉"Orthodoxy and Enlightenment: Wang Shih-chen's Theory of Poetry and Its Antecedents", in W. T. de Bary, ed., *The Unfolding of Neo-Confucianism* (New York: Columbia University Press, 1975), pp. 226-229.

而有。[18]

王廷相〈與郭价夫學士論詩書〉說：

夫詩貴意象透瑩，不喜事實黏着，古謂：水中之月，鏡中之影，可以目睹，難以實求是也。……嗟乎！言徵實則寡餘味也，情直致而難動物也；故示以意象，使人思而咀之，感而契之，邈哉深矣，此詩之大致也。[19]

從這兩段引文可見其中論點有二：

1. 詩中景物可爲虛擬；詩中情事不必實有；

2. 詩人心中情意思想，不宜直接陳述出來；最好是寄托於意象，使讀者觀意象而生感受。「鏡花水月」就是詩中不能泥迹求實的意象。

後七子的謝榛亦曾用過這個象喻，他說：

詩有可解，不可解，不必解，若水月鏡花，勿泥其迹可也。[20]

謝榛論詩充滿神秘主義色彩，認爲詩有所謂「天機」。[21] 在這裏他把「勿泥其迹」一語擴大誇張，說成是「不可解，不必解」，增添了詩的神秘氣氛。然而說某首詩「不可解，不必解」可能只是掩飾之詞，掩飾自己不能滙通詩意。其實，「不可解」的詩又怎會是好詩？我們只能說詩

[18] 李夢陽《空同集》（《四庫珍本八集》），卷六六，頁七下。

[19] 王廷相《王氏家藏集》（偉文，一九七六影印明刋本），卷二八，頁四上——五上。

[20] 謝榛《四溟詩話》（《續歷代詩話》本），卷一，頁一上。

[21] 他曾分別記錄了自己向人「泄天機」的經過；見同上，卷三，頁四下；卷四，頁十二上下。

的韵味、所傳達的境界經驗不易解釋，難以作具體的說明，但起碼詩之本意是可以理解的。[22]

此外，王世貞亦有用過這個象喻，只是不用於申述詩的理論，而是和前述張舜民一樣，用於實際批評之中，故在此暫且不論。[23]

再後一點的屠隆在《鴻苞》〈論詩文〉又用了同一象喻論詩：

> 詩道之所為貴者，在體物肖形，傳神寫意，妙入玄中，理超象外，鏡花水月，流霞迴風，人得之解頤，鬼聞之欲泣也。[24]

意思是：詩的功能在於將作者的經驗通過「妙入玄中」的手法傳達到讀者心中（「人得之」、「鬼聞之」）；這個經驗在詩中就好比「鏡花水月，流霞迴風」一樣，是可以感知而不能徵實的。

以上各家於「鏡花水月」一喻的運用，基本上無大分別：詩由具體的形象來傳情達意，使讀者感受體會類同作者已有的美感經驗；但詩中的象是不能實求的，是虛擬的。

錢鍾書曾就嚴羽這個象喻作出批評，當然他的說法也指向其他沿用此喻的詩論家；他說：

> 水月鏡花，固可見而不可捉，然必有此水而後月可印潭，有此鏡而後花可映面。

---

[22] 清李重華就批評此說：「有以可解不可解爲詩中妙境者，此皆影響惑人之談。……如果一味模糊，有何妙境？抑亦何取於詩？」見《貞一齋詩說》（《清詩話》本，上海古籍，一九七八），頁九三三。

[23] 王世貞〈與陸俊明先生書〉說：「執事之文，如水中之月，空中之相，不落蹊徑，不窘邊幅。」見《弇州山人四部稿》（偉文，一九七六影印明刊本），卷一二五，頁二上。

[24] 載屠隆著、屠繼烈編《鴻苞節錄》（咸豐七年〔一八五七〕保碩齋本），卷六，頁十九上下。

他的批評是想指出嚴羽忽略了語言文字，而詩是離不開語言文字的：

詩自是文字之妙，非言無以寓言外之意。㉕

在錢鍾書心目中，「鏡」、「水」代表語言文字，「鏡」、「水」反映「花」、「月」就如語言文字傳達美感經驗一樣。他這個認識是對的，很合乎文學藝術的原理。不過將同樣的概念套入嚴羽之說就不太合適了；因爲嚴羽所謂「鏡中象」、「水中月」，只是爲詩中形象的性質作比喻，並不是解釋詩的傳達過程或方法。（其他論者雖或有論及這個傳達過程，但也不以此象喻涵攝。）正如前面所述，嚴羽根本不曾想過「鏡」、「水」即是詩的語言文字；再如比喻中「空中之音」、「相中之色」的「空」和「相」，也難以比附爲語言文字。

與屠隆同居末五子之列的胡應麟，卻有考慮到錢鍾書提及的問題。他在《詩藪》一段很能顯示他的詩論重心的文字之中，也以「鏡花水月」爲喻：

作詩大要不過二端，體格聲調，興象風神而已。體格聲調有則可循，興象風神無方可執。故作者但求體正格高、聲雄調鬯；積習之久，矜持盡化，形迹俱融，興象風神，自爾超邁。譬則鏡花水月，體格聲調，水與鏡也；興象風神，月與花也。必水澄鏡朗，然後花月宛然。詎容昏鑑濁流，求覩二者？故法所當先，而悟不容強也。㉖

㉕《談藝錄》，頁一一七。

㉖胡應麟著、王國安校點《詩藪》（上海古籍，一九七九），內編，卷五，頁一〇〇。

胡應麟認爲詩的最高目標是「興象風神」的「超邁」，要達到這個目標必需經由「體格聲調」等語言形式方面入手。因爲語言（包括形、聲、義）表達的成功與否比較容易感知，有迹象可尋。一旦累積到相當的經驗，就不會再受到這些外在形式的限制（「形迹俱融」），達致超邁的興象風神。在這裏他以鏡中花、水中月比作「興象風神」（卽詩中有明晰但不能徵實的形象，足以引發美感經驗）；這是嚴羽講唐詩妙處的繼承。另一方面，他特別提出在這個比喩中「鏡」和「水」所佔的位置。他將「鏡」、「水」比作「體格聲調」；「鏡」和「水」起的反映作用就好像藝術媒介（medium）的功用一樣，而「體格聲調」也就是詩歌藝術的媒介。從胡應麟的論述態度看來，他對詩歌的媒介非常重視；這與現代文學理論的趨勢是相符的。

另外，葉維廉在討論這個象喩時，曾經提出一項很值得注意的意見。他指出「鏡」、「水」的反映實物，是一個直接簡單的過程，但詩的傳達過程就不是如此機械而直接。㉗然而我們也不必據此指斥胡應麟，因爲比喩只着重共通點而不太計較其相異之處。況且胡應麟也說：「鏡」可能會昏暗，「水」可能會渾濁，那麼「花」、「月」就反映不來；一定要「水澄鏡朗」，才能有「花月宛然」的影象。詩人也就要盡力達到「體正格高，聲雄調鬯」，才能將「興象風神」充份的傳達出來。可見胡應麟也反對將這段過程視爲一個簡單的機械的反映過程。

㉗ 見葉維廉〈嚴羽與宋人詩論〉"Yen Yü and the Poetic Theories in the Sung Dynasty", *Tamkang Review*, 1:2 (Aug. 1970), p. 197.

清代詩論家之中，提及「鏡花水月」一喻次數最多的，就是王士禛了。他說：

嚴滄浪《詩話》借禪喻詩，歸於妙悟。如謂：盛唐諸家詩，如鏡中之花，水中之月，鏡中之象，如羚羊挂角，無迹可求，乃不易之論。[28]

又說：

嚴滄浪論詩，特拈「妙悟」二字，及所云：「不涉理路，不落言詮」，又「鏡中之象，水中之月，羚羊挂角，無迹可尋」云云，皆發前人未發之秘。[29]

可見他對嚴羽之說是很推崇的。不過，他的論詩主張雖可溯源至嚴羽，然因性份所偏，眼界就局限得多，例如嚴羽還只是以禪「喻」詩，他卻將禪與詩等同起來：

嚴滄浪以禪喻詩，余深契其說，而五言尤為近之。如王、裴〈輞川〉絕句，字字入禪。[30]捨筏登岸，禪家以為悟境，詩家以為化境；詩禪一致，等無差別。[31]

嚴羽以禪喻詩，與當時的風氣有關，只是借用時人熟悉的觀念（禪）去詮釋另一樣事物（詩）。但到了王士禛眼中，則認爲禪與詩是類同的事物，甚至說，讀詩可以得到禪悟：

唐人五言絕句，往往入禪，有得意忘言之妙，與淨名默然，達磨得髓，同一關捩。觀王、

[28] 王士禛、張宗楠纂集、戴鴻森校點《帶經堂詩話》（人民文學，一九八二），卷二，頁六五。
[29] 同上。
[30] 同上，頁八三。
[31] 同上。

裴〈輞川集〉及祖詠〈終南殘雪〉詩，雖鈍根初機，亦能頓悟。[32]

於是「鏡花水月」就變成禪悟的比喻詞，是禪悟而得的空寂境界了：

嚴儀卿所謂「如鏡中花，如水中月，如水中鹽味，如羚羊掛角，無迹可求」，皆以禪喻詩，內典所云「不卽不離，不黏不脫」，曹洞宗所云「參活句」是也。[33]

王士禎這種解釋，使到此一象喻的涵義回復本來的面目，變成禪理佛義的說明了。「鏡花水月」本來是一個佛典的常喻，藉以說明世間事物的無常虛幻。嚴羽借用到詩論上，只套取這個詞語的部分屬性，以闡明詩歌藝術的一項本質：詩中的景象，不必實求。以後由李夢陽到屠隆等詩論家沿用這個象喻時，都以這項屬性為論說的基礎。不過，到了胡應麟和王士禎，這個象喻就有了不同發展。胡應麟的論詩主張很重視詩歌的媒介——語言，於是就着象喻的詞意加以發揮，教人看到美感經驗傳達的必經之途：善用作詩的語言。王士禎偏好清遠空靈的詩風，於是將詩禪等同；這個詩喻也就回復佛喻的本位，作為詩歌的空寂禪境的說明了。由此可見，同一象喻，在不同主張的論詩者筆下，可以有各種不同的解釋；我們研究古代文學理論時，尤其不應隨便綰合，以為沿用同一術語，居後者就必定承受前者的論說；又不要任意以後期詩論大家的學說來涵蓋居前的論詩者的意見。

---

[32] 同上，頁六九。
[33] 同上，卷二九，頁八三六。

司空圖《詩品》

——一種後設詩歌

一、司空圖的生平與著作

司空圖，字表聖，晚號知非子、耐辱居士。河中虞鄉人。生於唐文宗開成二年（八三七年），卒於後梁太祖開平二年（九〇八年）。年輕時，熱衷於功名仕進，可是直到三十歲才登第，輾轉任官光祿主簿、禮部員外郎、禮部郎中。僖宗廣明元年（八八〇年）多，黃巢攻入長安，僖宗逃到成都，司空圖未及隨行，只好回到故居王官谷。光啓元年（八八五年），僖宗自成都回，司空圖被召爲知制誥，遷中書舍人。次年正月，田令孜劫持僖宗出走寶鷄，朝臣大都不及追隨，稍後司空圖又返回中條山王官谷。經過多番波折，司空圖對於政局感到失望，對仕途更不繼棧；以後昭宗龍紀到乾寧年間，他曾三度被召任官，都稱病推辭。其間他曾寓居華陰，有短時期又曾移居鄜陽。天複三年（九〇三年），他再返回王官谷長居。天複四年昭宗被朱全忠脅迫，遷都洛陽。

這時宰相柳璨一力迎合朱全忠旨意，陰謀殺害朝臣；天祐二年（九〇五年），司空圖又被召任官，他爲怕被藉詞誅殺，只好親到洛陽；在謁見時，他故意墮笏失儀，柳璨等見他老朽無用，便將他放還故居。天祐四年（九〇七年），朱全忠篡唐自立，國號梁，改元開平，並召任司空圖爲禮部尚書，可見他在當時朝野仍有相當的聲望，成爲籠絡對象，但他又以老病推辭。次年五月，昭宣帝被毒殺，司空圖聽知這個消息，鬱鬱而終。《舊唐書》說他：「不懌而疾，數日卒。」《新唐書》甚至說：「哀帝弒，圖聞，不食而卒，年七十二。」❶

據載司空圖的著作有三十卷（內文二十卷，詩十卷）。在一篇光啓三年（八八七年）所寫的自序中，司空圖說他自已將著述定名爲《一鳴集》，但現在已經散佚了。今存文集十卷，涵芬樓有趙味辛校汪季青鈔本；詩集五卷爲胡震亨所編，收入《唐音統籤》戊籤；《四部叢刊》據以影印，分別題爲《司空表聖文集》、《司空表聖詩集》。❷

在他現存的著作中，最爲傳誦的是《二十四詩品》，然而限於資料的缺乏，這二十四則四言詩究竟是何時所作，已不能考知。據各則的遣詞用語推測，相信是司空圖退隱時期的作品。此

---

❶ 司空圖生平事蹟載《舊唐書》（《武英殿本》），卷一九〇下，〈文苑傳〉，頁三五下—三八上；《新唐書》（《武英殿本》），卷一九四，〈卓行傳〉，頁十下—十二下；又參羅聯添〈唐司空圖事蹟繫年〉，《大陸雜誌》，第卅九卷，第十一期（一九六九年十二月），頁十四—三〇；Wong Yoon Wah（王潤華），*Ssu-K'ung T'u: A Poet-Critic of the T'ang* (H. K.: Chinese Univ. of Hong Kong, 1976)。

❷ 參萬曼《唐集敍錄》（北京：中華書局，一九八〇），頁三三五—三三七。

外，有學者根據詩中「太華夜碧」、「華頂之雲」等語，以及其中涉及的仙道傳說，認為與華山關連最大，故推斷為寓居華陰時期的作品，❸此說亦可參考。

二、《詩品》的「品」

司空圖將這二十四首四言詩定名為《詩品》，從「詩」字可以肯定他是有意識地寫一組「關於詩的詩」。至於「品」字的意義則需要再解釋一下。清人楊廷芝在《二十四詩品大序》說：「詩以言志，亦以見品，則志立而品與俱立。」❹言下之意，「品」相當於「人品」，由詩可以見人品。另外有學者指出「品」字應解作「品嘗」、「品味」以至「品題」；❺《詩品》又曾被譯作："*The 24 Modes*（樣式、模式）*of Poetry*"，"*24 Orders*（級別、類別）*of Poetry*"，"*24 Moods*（心境）*of Poetry*"，"*24 Properties*（性質）*of Poetry*" 等。❻幾種解釋之中，

---

❸ Wong Yoon Wah, *Ssu-K'ung T'u*, pp. 32-35.

❹ 楊廷芝《二十四詩品淺解》，收入孫昌熙，劉淦校點《司空圖〈詩品〉解說二種》（濟南：齊魯書社，一九八〇），頁八三。

❺ 見陳曉薔〈司空圖與詩品〉，《現代學苑》，第一卷，第四期（一九六四年七月），頁二五；祖保泉《司空圖的詩歌理論》（上海：上海古籍出版社，一九八四），頁三二。

❻ Yang Hsien-yi and Gladys Yang trans., "The Twenty-four Modes of Poetry," *Chinese Literature*, (July, 1963), 65-77; Wai-lim Yip（葉維廉）trans, "Selections From the 24 Orders of Poetry," *Stony Brook*, 3/4 (1969), 280-81.（按王潤華仿此譯作 "The Order of Poetry"，見 *Ssu-K'ung T'u*, p. 33）"Moods" 與 "Properties" 的譯法分別見 James Liu, *Chinese Theories of Literature* (Chicago: The Univ. of Chicago Press, 1975), p. 35; Maureen A. Robertson, "To Convey What is Precious: Ssu-K'ung T'u's Poetics and *The Erh-shih-ssu Shih-P'in*," in *Transition ation and Permanence: Chinese History and Culture*, ed. D. Buxbaum and F. Mote (H. K.: Cathay Press, 1972), p. 324.

以楊廷芝的「人品」說最爲牽強；而以「品嘗」、「品題」去解釋則使「品」字變成動詞，是「品詩」而非「詩品」了。英譯中的 Moods 與 Properties 卻又將「品」字的意義坐實了，似乎不及 Modes 及 Orders 以模式、類別作解好；我個人認爲「品」字的意義大概與文體的「體」字相類似，是說明分類的量詞，並無實義，❼所以應取《廣韻》的「品，類也」的解釋。《二十四詩品》就是以二十四首四言詩來描寫不同種類的詩。

然而這些詩的類別是按甚麼標準來釐定的呢？最普遍的說法是：司空圖在試圖分劃詩歌的不同「風格」。❽與此同時，也有不少學者說《詩品》所論是不同的「風格和意境」。❾到底「風格」和「意境」有甚麼關係？是否同一事物的異稱？在這裏或者可以簡單解說一下。

「風格」就是語言的表現形態；「風格學」(Stylistics) 的研究重點是作家如何運用以至安

---

❼ 參見陳國球《胡應麟詩論研究》（香港：華風書局，一九八六），頁七八—八〇對「體」字的討論。

❽ 王潤華說：「在許多種讀法中，其中作爲描述二十四種詩的風格的解釋爲最多人採納，而且《詩品》在這方面對後世批評理論家的影響，也特別重大。」見〈司空圖《詩品》風格說之理論基礎〉，收入氏著《中西文學關係研究》（臺北：東大圖書公司，一九七八），頁一二四。

❾ 如吳調公〈司空圖的生平、思想及其文藝主張〉，收入氏著《古典文論與審美鑒賞》（濟南：齊魯書社，一九八五），頁二〇五；郭紹虞〈詩品集解序〉，收入郭紹虞集解輯注《詩品集解・續詩品注》（北京：人民出版社，一九八一），頁一；祖保泉《司空圖的詩歌理論》，頁三一；黃維樑《中國詩學縱橫論》（臺北：洪範書店，一九七七），頁三五。

排語言材料以構成文學作品：所以有時被認爲是「修辭學」(Rhetoric) 的近義詞。⑩談到「風格」時，所論範圍大概由作家執筆寫作到一件文學製成品(即文字構築 artefact)完工爲止，然而文學製成品在未經閱讀時，無論其蘊藏如何豐富，都未能發揮其美感功能(aesthetic function)：一定要經讀者參與，經歷過具體化 (concretization/actualization⑪) 的過程，才能有美感的效應產生於讀者的經驗意識之中：這種在讀者意識中的美感效應，就可稱爲「意境」。所以「風格」與「意境」是相關的，前者以作品爲論，後者的重心則在作品的美感效應。在閱讀過程中，風格的被體認也就表示美感經驗的生成，所以風格和意境可說是一體的兩面。再者，作品與讀者的關係是互爲影響的：作爲文字構築，作品提供了也限制了能引發美感經驗的種種因素，而讀者的意識（及其背景、動機等）也影響了閱讀的經驗。

---

⑩ 參閱威克納格〈詩學・修辭學・風格論〉，收入王元化譯《文學風格論》（上海：上海譯文出版社，一九八二），頁七一一二八。Amado Alonso, "The Stylistic Interpretation of Literary Texts," *Modern Language Notes*, Vol. 57, No. 7 (1942), 489-96. R. Wellek and A. Warren, *Theory of Literature* 3rd edn. (New York: Harcourt Brace Jovanovich, 1977) pp. 174-85.

⑪ 參陳國球〈文學結構的生成、演化與接受〉及該文附錄，見本書頁一五六一一五八，頁一六七一一七二；劉昌元〈殷佳頓的文學理論〉，《中外文學》，第十四卷，第八期（一九八六年一月），頁六八一七三；Michal Glowinski, "On Concretization," in *Language, Literature and Meaning I: Problems of Literary Theory*, ed. John Odmark (Amsterdam: John Benjamins, 1979), pp. 325-49.

以上所述，固然是現代文學理論所提供的解釋方法，不可能是司空圖知識範圍之內的事理，然而這個理論架構卻可以幫助我們探索《詩品》所涉及的與文學理論有關的種種問題。

三、風格・味・美感經驗

司空圖在《與李生論詩書》說：

古今之喻多矣，而愚以為辨于味而後可以言詩也。

所謂「味」，雖說是比喻，實則是指讀者讀詩之所感。換句話說是指讀者將一件文字構築看作審美客體（aesthetic object），使得這構築的美感功能得以發揮，讀者於是感到其中的「味」——經歷了一次美感經驗。司空圖提到詩之「味」，可知他注意到讀者參與的環節。一般讀者有此經驗已經足夠，但一個高明的讀者（sophisticated reader）或者批評家，因爲讀詩的經驗豐富，所以有能力去「辨於味」——辨析各種美感經驗。[12] 例如同屬一人的作品，往往有其獨特的構築方法，於是同一「風格」就會形成。一個高明的讀者就有可能意識到這些獨特的風貌，感受當中所能引發的美感經驗，並分辨出其與別家作品不同的地方。在此以後，他們或想向別人（詩友、行

[12] Thorne 曾經以生成語法的理論去解釋這些風格的辨析，他指出這與個人的語言能力（linguistic competence）有關；見 J. P. Thorne, "Generative Grammar and Stylistic Analysis," in *Essays in Modern Stylistics*, ed. Donald C. Freeman (London: Methuen, 1981), pp. 44-45.

家）訴說這些印象，而且往往以一些內行的語言去表達。如鍾嶸《詩品》卷中記載湯惠休之語：

謝（靈運）詩如芙蓉出水，顏（延之）如錯采鏤金。

《南史》〈顏延之傳〉記鮑照語：

謝五言如初發芙蓉，自然可愛；君詩若鋪錦列繡，亦雕績滿眼。

都是很好的例子。品評者選用一些具體的意象去涵括作家的整體風格，其目的是希望這些意象可以引發其他讀者分享他曾經經歷的美感經驗。這種方法到唐代更爲盛行。《舊唐書》〈楊炯傳〉記載張說與徐堅評論當時的文士，其中大量應用了類似的描摹方法，例如說：

韓休之文，如太羹旨酒，雅有典則，而薄於滋味。許景先之文，如丰肌膩理，雖穠華可愛，而微少風骨。張九齡之文，如輕縑素練，實濟時用，而微窘邊幅。王翰之文，如瓊杯玉斝，雖爛然可珍，而多有玷缺。⑬

張說之言，還只是和徐堅閒談而發，到了皇甫湜就更寫成〈諭業〉一文，長篇大論的品評諸家文章，如說：

燕公之文，如楩木枏枝，締構大厦，上棟下宇，孕育氣象，可以變陰陽，閱寒暑，坐天子而朝羣后。許公之文，如應鐘鼙鼓，笙簧錞磬，崇牙樹羽，考以宮縣，可以奉神明，享宗廟。……

⑬《舊唐書》，卷一九〇上，頁一三上下。

滔滔不絕。文中更指出「比文之流，其來尚矣。」可知這種比喻品題之風的盛行。⑭

個人風格的描摹是批評家對一位作家的衆多作品所作的總括；這些總括當然難說精確，但也不失爲一種以簡馭繁的批評方法。再將這種方法的應用範圍擴大，甚至某一段時期，某一時代的作品也可以作一概括的描寫；比方說，李白的「自從建安來，綺麗不足珍」(〈古風〉其一)就以「綺麗」二字概括六朝到唐初的時期風格；又如明鎦績《霏雪錄》就記載了他所看到的唐宋詩的不同風格，這也當然是他閱讀衆多唐詩和宋詩所得的不同經驗的概括：

唐人詩純，宋人詩駁。唐人詩活，宋人詩滯。唐詩自在，宋詩費力。唐詩渾成，宋詩飣餖。唐詩縝密，宋詩漏逗。唐詩溫潤，宋詩枯燥。唐詩鏗鏘，宋詩散緩。唐人詩如貴介公子，擧止風流；宋人詩如三家村乍富人，盛服揖人，辭容鄙俗。⑮

這種將時代風格概括描述或比較的方法，已爲傳統批評所習用，隨時可以在詩話中揭到。

此外，有些批評家又從不同文體類型所能造達或所應達致的風格特色作出議論。例如曹丕《典論》〈論文〉所講的：

奏議宜雅，書論宜理，銘誄尚實，詩賦欲麗。

⑭ 〈諭業〉載董誥等編《全唐文》(臺北：滙文出版社，一九六一)，卷六八七，頁五下—六上。又參羅根澤的分析：《中國文學批評史》第二册(上海：古典文學出版社，一九五八)，頁二三九—二四〇。

⑮ 載曹溶編《學海類編》(臺北：文海出版社，一九六四)，頁九上。

陸機〈文賦〉所講的：

詩緣情而綺靡，賦體物而瀏亮，碑披文以相質，誄纏緜而悽愴，銘博約而溫潤，箴頓挫而清壯，頌優遊以彬蔚，論精微而朗暢，奏平徹以閑雅，說煒曄而譎誑。

如果以具體精確到抽象概括的程度來約略分劃，我們可以說，獨立篇章的評論最爲具體，品評一個時代比論定一人爲抽象，而文體風格的說明概括程度更高，因爲沿用同一文體的作家和作品可以跨越幾個時期，而且風格的闡述往往演變成規範性的基準（norm），用來指導作家或批評作品。所以說，個人風格以至時代風格的辨析或描寫還只停留於實際批評（practical criticism）的層面，文體風格的闡述就已上升到文學理論（literary theory）的層次了。同屬理論層次，或者可以說理論成分更高的是文學風格的分劃，如劉勰《文心雕龍》〈體性〉所講的：

若總其歸塗，則數窮八體：一曰典雅，二曰遠奧，三曰精約，四曰顯附，五曰繁縟，六曰壯麗，七曰新奇，八曰輕靡。

劉勰把文學所能造達的風格分成八種，自有一家的體系，⑯但不能說這就是唯一的分類方法。到唐代，因爲詩歌盛行，不少理論著作都究心於詩歌風格的分別；例如崔融《新定詩體》就有「十體」之目：「形似體」、「質氣體」、「情理體」、「直置體」、「雕藻體」、「影帶體」、「

⑯ 參詹鍈《文心雕龍的風格學》（北京：人民文學出版社，一九八二），尤其頁八—十。

婉轉體」、「飛動體」、「清切體」、「菁華體」；⑰皎然《詩式》亦有「辨體一十九字」：「高」、「逸」、「貞」、「忠」、「節」、「志」、「氣」、「情」、「思」、「德」、「誠」、「閑」、「達」、「悲」、「怨」、「意」、「力」、「靜」、「遠」，並說：「其一十九字，括文章德體風味盡矣。」⑱司空圖的《詩品》明顯也是沿襲這一風氣而作，而又成為辨析詩歌風格最有成就的作品。

四、後設詩歌

《詩品》是一種「論詩詩」，以詩論詩是中外常見的一種批評模式；由杜甫的〈戲為六絕句〉開始，再經戴復古、元好問等宏揚推衍，就發展成中國文學批評史上的「論詩絕句」傳統。⑲論詩詩在西方更可追溯到古羅馬詩人賀拉斯的《詩藝》(Quintus Horatius Flaccus, *Ars Poetica*)，以後經常為後世稱引的還包括維達（Marco Girolamo Vida, *De Arte Poetica*）、布瓦洛（

⑰ 參王夢鷗《初唐詩學著述考》（臺北：商務印書館，一九七七），第三章，〈崔融詩學著述〉，頁八〇—一〇二；又王夢鷗〈有關唐代新體詩成立之兩種殘書〉，收入氏著《古典文學論探索》（臺北：正中書局，一九八四），頁二四八—二五一。

⑱ 李壯鷹校注《詩式校注》（濟南：齊魯書社，一九八六），頁五三—五四。有關唐代風格論的一般情況可參黃美鈴《唐代詩評中風格論之研究》（臺北：文史哲出版社，一九八二）。

⑲ 參周益忠〈論詩絕句發展之研究〉，《師大國文研究所集刊》，第二十七期（一九八三年六月），頁七八一—九一〇。

Nicolas Boileau-Despréaux, *Art Poétique*)，波普（Alexander Pope, *Essay on Criticism*）等人之作。[20]與「論詩絕句」或西方的「論詩藝」傳統比較，司空圖的《詩品》卻有所不同。杜甫等人的論詩絕句基本上都是一些實際批評，而不是理論著作；就算有時提出詩學宗旨如：「別裁僞體親風雅，轉益多師是汝師」（〈戲爲六絕句〉之六），其表達方式也和《詩品》完全不同。至於賀拉斯開展的《詩藝》諸作，其實不外是用詩的形式寫成的論說文，教人寫作要合乎情理、要注意整體效果，結構要首尾一致等；多用直陳而少見隱喻，若要在其中找尋所謂「純詩」的境界，更渺然不可得了。這當然與西方「詩」（poetry）字涵義較廣有關，在西方傳統中，舉凡哲理、歷史，都可以用詩來紀錄申論，成爲 versified philosophy 或 versified history；[21]與其說是詩，倒不如說是以韻文寫成的詩學議論（即 verse-essay），[22]若要作比附，陸機的〈文賦〉可能會更接近這個傳統。

《詩品》首先是詩，一組二十四則四言古體詩，每則十二句，一韻到底。鄭鄤〈題詩品〉說：

---

[20] 參 W. Wimsatt and C. Brooks, *Literary Criticism: A Short History* (London: Routledge & Kegan Paul, 1970), esp. pp. 234-36.

[21] 參 John T. Wixted, "Sung-Dynasty and Western Poems on Poetry," *Renditions*, No. 21&22 (1984), p. 352.

[22] W. J. Bate, *Criticism: The Major Texts* (New York: Harcourt Brace, 1952), p. 172.

> 四言體自《三百篇》後，獨淵明一人耳。此二十四韻，悠遠深逸，乃復獨步，可以情生于文，可以想見其人。㉓

漢學家翟理斯 (Herbert A. Giles) 在其《中國文學史》中，把二十四則全譯成英文，並說《詩品》是：

> 一篇哲學的詩 (philosophical poem)，包含顯然不相聯結的二十四篇，適足以表現純道家主義侵入學者心理的形式。㉔

翟理斯注意到《詩品》的文學價值，但卻忽略了其中的批評理論的價值，可說是更大的缺失，因爲《詩品》是「論詩」的詩，而且是有意識地寫成的詩的理論。如果借用「後設小說」 (meta-fiction) 的講法，《詩品》可說是「後設詩歌」(metapoem/metapoetry)。

「後設小說」狹義來說是指現代的實驗小說或反小說 (anti-novels)。㉕這種小說的特點是以小說的方式向讀者展示小說的構成過程，以至作者對語言和小說的形式與功能的看法，表現出

㉓ 《塈陽草堂文集》，卷九；載《詩品集解》，頁五七。

㉔ Herbert A. Giles, *A History of Chinese Literature* (London: Heinemann, 1901), p. 197. 譯文用朱東潤語，見朱東潤〈司空圖詩論綜述〉，載氏著《中國文學論集》(北京：中華書局，一九八三)，頁七。

㉕ 最先令「後設小說」一詞彰顯的是 W. H. Gass，他說："Many of the so-called anti-novels are really metafictions." quoted in Robert Scholes, *Fabulation and Metafiction* (Urbana: Univ. of Illinois Press, 1980), p. 105.

作者對小說的構成經驗的高度自覺（self-consciousness）。這種小說可說將創作與批評的界限打破，它既是小說觀念的詮釋，也同時是小說觀念的解構。㉖

《詩品》可說是「後設詩歌」，因為它既是文學作品，也是關於文學作品的理論，二者的界限已是泯滅無存。㉗司空圖雖然沒有很明顯地向讀者表明他對詩的特質的觀察和反省，但肯定的他是在利用詩的特質去表露他的意見。後設小說家往往表現出對語言的傳意和再現的功能的不信任；《詩品》不採用議論方式也可能源於中國傳統思想家對「言」與「意」的省察，認為以語言解說是不足夠的、不完滿的；正如老子所講的「多言數窮，不如守中」，司空圖所守的「中」就是詩的本質了。㉘後設小說是對小說或文學所作的本體論的反思，反映了現代人對藝術再現現實這一信念的懷疑，小說作者往往不忘在小說中向讀者提示；《詩品》則暗含了司空圖對詩歌本體論的卓識，其表現方式顯出他對詩歌本質的把握和操縱。比較而言，後設小說家對小說採消極的態度，而司空圖對詩歌則採積極的態度。

㉖ 又參 Patricia Waugh, *Metafiction: The Theory and Practice of Self-Conscious Fiction* (London: Methuen, 1984).

㉗ 參 Pauline Yu, "Ssu-K'ung T'u's *Shih-P'in*: Poetic Theory in Poetic Form," *Studies in Chinese Poetry and Poetics*, Vol. 1, ed. Ronald C. Miao (San Francisco: Chines Materials Center, 1978), esp. pp. 81-84.

㉘ 參 Maureen A. Robertson, "To Convey What is Precious," pp. 330-31.

現在我們再就司空圖分劃風格的工作程序作一解釋。司空圖的第一項工作是：風格／詩味的掌握和分類。正如上文所述，每首詩先是一個文字構築，在讀者意識參與下才轉化成審美客體，其美感功能才得以發揮，作品的風格得以體現而讀者得到美感經驗：

文字構築 ＋ 讀者參與 ＝ 審美客體 → 風格｜詩味

一個經驗豐富的品詩者，就有能力將所得的美感經驗作出分析整理，分成若干類型，如劉勰分八種，皎然分十九種，司空圖的二十四品也是從多個角度展示不同的經驗類型。

第二項工作是考慮如何向讀者解釋這些不同的美感經驗的類別。劉勰在區分了「典雅」、「遠奧」等類型之後，爲了想讀者明白他的所指，就作出進一步的解釋：

典雅者，鎔式經誥，方軌儒門者也；
遠奧者，馥采典文，經理玄宗者也；
精約者，覈字省句，剖析毫釐者也；
顯附者，辭直義暢，切理厭心者也；
繁縟者，博喻釀采，煒燁枝派者也；

壯麗者，高論宏裁，卓爍異采者也；

新奇者，擯古競今，危側趣詭者也；

輕靡者，浮文弱植，縹緲附俗者也。

這八條解釋文字之中，明顯的以內容爲論的是「典雅」、「遠奧」和「壯麗」；主要講修辭的是「精約」、「顯附」和「繁縟」；「新奇」、「輕靡」兩條較難區別，但基本上仍是從內容與修辭技巧合論。由此可見劉勰的重點仍在作者→作品的階段，爲各種風格追溯其生成的原因，指出作者下了那些工夫，所以作品顯現了某種風格。

至於皎然的十九字，也各有一句注文說明；有些補述風格的特點，如「高」（「風韻朗暢曰高」）、「悲」（「傷甚曰悲」）；有些講詩人之品性，如「節」（「持操不改曰節」）、「達」（「心迹曠誕曰達」）；有些講表達手法，如「思」（「氣多含蓄曰思」）、「德」（「詞溫而正曰德」）等，雖然解說的角度有多種，但仍然是補充申論，與《詩品》的方法大不相同。

司空圖在想向讀者介紹某種類型的美感經驗，例如「雄渾」的經驗時，不以論說方式傳達，而另外再創製一個文字構築，待讀者的意識參與其中，使文字構築轉化成審美客體，發揮其美感功能，讀者從而領略「雄渾」的詩味，再將此具體的美感經驗普遍化、典型化，印證司空圖所定的「雄渾」這個品目，以至印證某些能觸發同類美感經驗的詩歌：

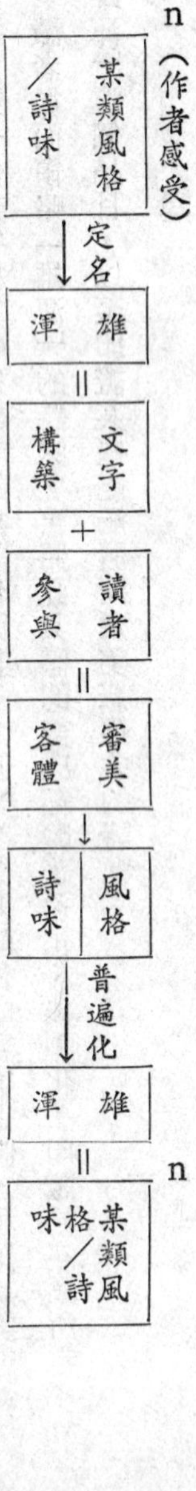

（註：n＝一至多次同類的經驗）

這種方法是充分利用文學語言的特質去展示一些日常語言不易表達的訊息。由於文學語言需經讀者參與，而在這參與的過程中各種審美心理的作用不斷生發，以致其訊息的蘊含量比直捷以日常語言表達豐富得多。以創造一次經驗來傳達一種經驗類型的內涵，是這種方法最高明的地方。以下一節還會就此「後設詩歌」的表現方法作進一步的探究。

五、《詩品》的表現方法

深入探討《詩品》各則，更可以見到司空圖爲達到傳達美感經驗這一個重要但非常困難的目標所採用的種種方法。

爲方便討論，以下先抄錄原文：

雄渾

大用外腓，真體內充，反虛入渾，積健為雄。具備萬物，橫絕太空，荒荒油雲，寥寥長風。超以象外，得其環中，持之匪强，來之無窮。

沖淡

素處以默，妙機其微。飲之太和，獨鶴與飛。猶之惠風，荏苒在衣，閱音修篁，美曰載歸。遇之匪深，卽之愈稀，脫有形似，握手已違。

纖濃

采采流水，蓬蓬遠春，窈窕深谷，時見美人。碧桃滿樹，風日水濱，柳陰路曲，流鶯比鄰。乘之愈往，識之愈真，如將不盡，與古為新。

沈著

綠杉野屋，落日氣清，脫巾獨步，時聞鳥聲。鴻雁不來，之子遠行，所思不遠，若為平生。海風碧雲，夜渚月明，如有佳語，大河前横。

高古

畸人乘真，手把芙蓉，汎彼浩刼，窅然空蹤。月出東斗，好風相從，太華夜碧，人聞清鐘。虛佇神素，脫然畦封，黃唐在獨，落落玄宗。

典雅

玉壺買春，賞雨茆屋，坐中佳士，左右脩竹。白雲初晴，幽鳥相逐，眠琴綠陰，上有飛瀑。落花無言，人淡如菊，書之歲華，其曰可讀。

洗鍊

如鑛出金，如鉛出銀，超心鍊冶，絕愛緇磷。空潭瀉春，古鏡照神，體素儲潔，乘月返真。載瞻星辰，載歌幽人，流水今日，明月前身。

勁健

行神如空，行氣如虹，巫峽千尋，走雲連風，飲真茹强，蓄素守中。喻彼行健，是謂存雄。天地與立，神化攸同。期之以實，御之以終。

綺　麗

神存富貴，始輕黃金。濃盡必枯，淡者屢深。霧餘水畔，紅杏在林。月明華屋，畫橋碧陰。金尊酒滿，伴客彈琴，取之自足，良殫美襟。

自　然

俯拾卽是，不取諸鄰，俱道適往，著手成春。如逢花開，如瞻歲新，真與不奪，强得易貧。幽人空山，過雨采蘋，薄言情悟，悠悠天鈞。

含　蓄

不著一字，盡得風流。語不涉己，若不堪憂。是有真宰，與之沈浮。如淥滿酒，花時反秋。悠悠空塵，忽忽海漚，淺深聚散，萬取一收。

豪　放

觀花匪禁，吞吐大荒。由道返氣，處得以狂。天風浪浪，海山蒼蒼。真力彌滿，萬象在旁。前招三辰，後引鳳凰。曉策六鼇，濯足扶桑。

精神

欲返不盡，相期與來。明漪絶底，奇花初胎。青春鸚鵡，楊柳樓臺。碧山人來，清酒深杯，生氣遠出，不著死灰。妙造自然，伊誰與裁。

縝密

是有真迹，如不可知，意象欲生，造化已奇。水流花開，清露未晞。要路愈遠，幽行為遲，語不欲犯，思不欲癡，猶春於綠，明月雪時。

疏野

惟性所宅，真取不羈，控物自富，與率為期。築室松下，脫帽看詩，但知旦暮，不辨何時。倘然適意，豈必有為，若其天放，如是得之。

清奇

娟娟羣松，下有漪流。晴雪滿竹，隔溪漁舟。可人如玉，步屧尋幽。載瞻載止，空碧悠悠。神出古異，淡不可收。如月之曙，如氣之秋。

委曲

登彼太行，翠繞羊腸。杳靄流玉，悠悠花香，力之於時，聲之於羌。似往已迴，如幽匪藏。水理漩洑，鵬風翱翔。道不自器，與之圓方。

實境

取語甚直，計思匪深。忽逢幽人，如見道心。清澗之曲，碧松之陰，一客荷樵，一客聽琴。情性所至，妙不自尋。遇之自天，泠然希音。

悲慨

大風捲水，林木為摧。適苦欲死，招憩不來。百歲如流，富貴冷灰。大道日喪，若為雄才。壯士拂劍，浩然彌哀，蕭蕭落葉，漏雨蒼苔。

形容

絶佇靈素，少迴清真。如覓水影，如寫陽春。風雲變態，花草精神。海之波瀾，山之嶙峋。俱似大道，妙契同塵。離形得似，庶幾斯人。

超詣

匪神之靈，匪幾之微，如將白雲，清風與歸。遠引若至，臨之已非，少有道契，終與俗違。亂山喬木，碧苔芳暉，誦之思之，其聲愈希。

飄逸

落落欲往，矯矯不羣，緱山之鶴，華頂之雲。高人惠中，令色絪緼。御風蓬葉，汎彼無垠。如不可執，如將有聞。識者已領，期之愈分。

曠達

生者百歲，相去幾何，歡樂苦短，憂愁實多，何如尊酒，日往煙蘿，花覆茅檐，疎雨相過。倒酒既盡，杖藜行歌。孰不有古，南山峩峩。

流動

若納水輨，如轉丸珠，夫豈可道，假體如愚。荒荒坤軸，悠悠天樞。載要其端，載同其符，超超神明，返返冥無。來往千載，是之謂乎！

現在先看〈纖穠〉一則。由「采采流水」到「流鶯比鄰」八句完全是一連串恬靜秀美而充滿生機的暖色景象，讀者很容易被遠春碧樹，深谷流水，風日柳蔭等意象吸引，移情到這個澄明的境界中。但下面接著四句卻將視象突然割斷，插入四句論說文字，提出一些掌握這個境界或這種經驗的方法：深入其中，體味其眞處，也就自然能夠「終古常見而光景常新」。㉙這種先呈現畫面視象，最後插入敍述者（narrator）聲音的方法，還可在〈沉著〉、〈高古〉、〈典雅〉、〈精神〉、〈飄逸〉等幾則可以見到。另外如〈冲淡〉一則，雖然開首兩句「素處以默，妙機其微」與〈高古〉第九句「虛佇神素」相類似，但不能因此就看成是敍述者的指導說話，因爲從第三、四句的「飲之太和，獨鶴與飛」開始，以下很明顯的是一位「仙眞人」的描寫，所以可以逆推第一、二句只是這仙眞人的情態的交代；眞正屬於敍述者聲音的，還是「遇之匪深」以下四句。《詩品》這種以敍述者忽然介入的方式，也是「後設小說」常見的手法，使讀者從作品中的世界抽身出來，對文學的構成過程作一省思。

㉙ 李德裕〈文章論〉語，引自《詩品集解》，頁八。這種對常見事物產生「新」的感覺的講法，類似審美理論所講的由「習慣化」（automatization）轉化成「具體化」（actualization）的過程，參《文學結構的生成、演化與接受》，頁一五六—五七。這種理論講文學作品如何令讀者對習慣了的語言概念產生具體的感受，而司空圖的理論則一方面指向人對自然美的掌握，但《詩品》既是論詩之作，另方面當亦可推衍到詩歌語言與美感的掌握。

《詩品》的另一種表達方式是將上面提到的畫面呈現部分擴大，敍述者的聲音減至最低，或甚至完全消失。如〈豪放〉一則，講一個豪放的神人的情志和生活；既能呑吐大荒，又能招引日月星辰，驅策神鰲鳳凰。又如〈悲慨〉一則，寫一個失意的壯士處身於狂風斷樹，落葉蕭蕭的雨中。這兩首詩都只是對詩中人物的處境和心情作出刻畫，沒有把視象割斷，也沒有敍述者的補充提示，只讓物象和情景本身呈露，讓讀者自己去體會其中的經驗。類似的方法還見於〈疎野〉、〈清奇〉、〈曠達〉幾則。至於〈勁健〉一則，末二句「期之以實，御之以終」，可以是詩中人物——一位走雲連風的眞人——的進一步描寫，也可以是歸結到詩歌寫作的提示。同樣，〈綺麗〉最後兩句「取之自足，良殫美襟」，既可以是「神存富貴，始輕黃金」的補充，也可以是敍述者提出的詩學方法論，兩種解釋都可以成立。

從上面提及各則可見，《詩品》中常見有某些生活的景況的描寫。在此我們可以探究一下，這些生活景況所構成的世界，與作者有什麼關係？與讀者又有什麼關係？

一般來說，抒情詩內的生活就是作者的生活，抒情詩雖然多半省略了主語，但往往有「我」在；所以如能知人論世，對理解抒情詩會很有幫助。不少《詩品》研究者都從此途徑入手，研究司空圖的生活與《詩品》中人物的生活的關係。㉚然而從《詩品》所見，其中的人物形象不止一

㉚ 例如朱東潤〈司空圖詩論綜述〉，頁五－十六；祖保泉《司空圖的詩歌理論》，頁四七－五一。又吳調公的〈壯士拂劍，浩然彌哀——讀司空圖〈退棲詩〉就討論到〈悲慨〉中的拂劍壯士與他實際生活的關係，載《古典文論與審美鑒賞》，頁四四九－五八。

類，這幾種不同的人物形象是否都是司空圖的自我寫眞呢？如果要印證他的生活經驗，或者我們可以說：拂劍壯士（〈悲慨〉）的形象反映了司空圖立志用世，但不爲時用的悲涼心境；茅屋的隱士（〈典雅〉）象徵了他退居王官谷以後的情懷；飲之太和，乘雲御風的仙眞人（〈冲淡〉）寄託了他在華山流連時的仙道遐想。但另一方面，我們不可不知，《詩品》各則的人物情態與生活景況，其實是各不相干的，全無可以聯繫的說明或暗示。居於月明華屋的隱者與築室松下的賞詩者不必同爲一人；御風蓬葉、泛波天垠者，與手把芙蓉、泛彼浩劫的畸人，或行神如空、行氣如虹的眞人，亦不必同一。各則裏面的人物和生活是獨立的，可以說是司空圖以不同意象構築成的個別的、不同的世界。同時我們可以注意到，他的人物全沒有以「我」的形象出現。正如上面說，一般的抒情詩都有「我」在，以抒發一己情懷；就以王維〈竹里館〉爲例：「獨坐幽篁裏，彈琴復長嘯，深林人不知，明月來相照。」二十字所述，和《詩品》中部分人物的生活相類，但王維詩絕對是描寫自己的生活經驗，而《詩品》各則卻沒有這種感覺，只像是作者向讀者交代一個陌生人的生活狀況，故意把這世界與作者和讀者的距離拉遠，尤其在有敍述者聲音出現的時候，則更易令人感到敍述者與讀者同處一水平的世界，而詩中人物則處於另一水平的世界。例如〈精神〉一則最後兩句說：「妙造自然，伊誰與裁」，更指向文學「創作」的本質；尤其「裁」字，與孟郊〈贈鄭夫子魴〉所說的：「文章得其微，物象由我裁」一樣，指出詩中的世界是詩人剪裁而成，這個世界當然與讀者的世界不同層次。這個意識帶來了疏離的效果，於是讀者雖或一時有移情沉醉的可能，但也會隨時驚覺或被喚醒，從而跳出框外，作出反思省察。這當然是「後設」手法所要求達到的目標。換言之，司空圖在創造一些幻設的世界（fictional world），這些世界不是抒情寫眞的，雖則它們難免是由作者生活經驗所提供的素材所建成，但目的絕不在宣泄自己的內心經驗世界。這種手法的效果是令讀者意識到詩中世界與所處的現實並不同一，而這境界是某類型詩歌的精神所在。

與上面提到的兩種方法不同的是〈自然〉、〈含蓄〉；這兩則一開始就表明是講論「詩法」的。如〈自然〉開始四句是：「俯拾卽是，不取諸鄰，俱道適往，著手成春。」〈含蓄〉開始四句是：「不着一字，盡得風流。語不涉己，若不堪憂。」下面才舉出一些景象，而且通常先用「如」字在前，使得下文所講成爲上文提出的詩論原則的延續，如〈自然〉的「如逢花開，如瞻歲新」，是「俯拾卽是」，聽其自然遇合的方法的象喩；卽使以下的「幽人空山，過雨采蘋」也應視作自然遇合，不必強求的進一步描寫。同樣，〈含蓄〉的「如淥滿酒」以下，一直到「萬取一收」幾句，都被由「不著一字」開始的綱領式句子支配，成爲詩論的象喩。

至於〈實境〉一則，先以兩句點出詩法：「取語甚直，計思匪深」，以下轉出「忽逢幽人，如見道心」兩句，作爲詩思突然而來的比喩，以下四句景語，一方面是幻設世界(fictional world)的呈現，也可以說是這種詩的例句，後面四句又回到理論的層面，是敍述者的聲音，其中「遇之自天，泠然希音」二語可說是「忽逢幽人」兩句的補充。這首詩的表達程序是：先現敍述者的聲音，然後轉入以景語造成的幻設世界，再回到敍述的層面。這種穿插的方法在〈縝密〉一則更爲複雜，其中明顯論詩的包括第一至四句：「是有眞迹，如不可知。意象欲生，造化已奇。」指出這種詩有脈絡在卻不會明露，意象欲生未生，如造化之妙；以下接連呈現「流水」、「花開」、「清露」幾個意象，敍述者退居幕後，以意象暗寓自然渾成的詩境；以下「要路愈遠，幽行爲遲」兩句本是另一組意象，但下接「語」、「思」二句，則「幽行」「要路」變成作詩運用語言的比喻，指出作詩者能小心細節，「深入於密」，[31]在敍述者的聲音出現以後，最後兩句：「猶春於綠，明月雪時」，又由「猶」字帶出兩組意象。這則詩的表達程序是：敍述者的層面轉入幻設世界，再返回敍述者的世界，最後又轉入幻設的意象世界。

類似的以敍述者世界爲基調的情況尚見於〈洗鍊〉和〈形容〉兩則。〈洗鍊〉先講「超心鍊冶」的方法，然後才展現一連串景象和生活情態。〈形容〉先點出「絕佇靈素」的方法，以「如覓水影，如寫陽春」爲進一步象喻，在四句景語之後再作總結，指出這些景象的神髓都似同塵一體的「道」，要能超越形貌才能直探其神。這兩則與上面論及的幾則稍有不同。〈含蓄〉、〈實境〉等則明說論詩，但〈洗鍊〉、〈形容〉卻似在講「道」的體悟。當然我們都不難明白，這其實是「以道喻詩」而已。

《詩品》的第一則〈雄渾〉和第二十四則〈流動〉可說是景語最少的兩則。前者的「具備萬

㉛ 楊廷芝語，見《二十四詩品淺解》，頁一〇七。

物，橫絕太空，荒荒油雲，寥寥長風」，後者的「荒荒坤軸，悠悠天樞」，㉜都有天地開闢的宇宙論色彩，展示出廣漠無邊的境界。詩內充斥着道家哲學的用語；雖然楊廷芝在《二十四詩品淺解》的系統化詮釋方法，我們不必完全同意，但他說〈雄渾〉「統冒諸品，是無極而太極也」，〈流動〉「變動不居，周流六虛，流動之妙，與天地同悠久，太極本無極也」，㉝確也有助於這兩則的理解。這兩則基本上是形上哲理的陳述，所以敍述者的聲音成爲本體，景語只佔非常次要的地位。

總合而論，我們可以發覺《詩品》各則之中，存在不同層面的幾個世界。一是以景語舖叠而成的世界，裏面可能出現不同的人物，不同的生活方式和態度，但這個世界既不是作者用以抒情的內心世界，也不是要讀者全面投入的經驗世界。另一個世界是以敍述者爲主導的世界，主要作用是與讀者溝通；如果要作譬喻，這情況好像敍述者與讀者坐在一起，看銀幕放映的景象，敍述者從旁指點解釋，話題以所見景象爲線索，但重點卻在景象背後所代表的美感經驗的世界，因爲這些景象所構築的世界本是用來代表某些類型詩歌的風格和意境的，所以詩中世界只是符徵（

㉜ 本來〈流動〉開首兩句：「若納水輨，如轉丸珠」也可算作具體的意象，但多數學者都同意楊廷芝的解釋，認爲接着的「夫豈可道，假體如愚」兩句否定了這兩個比喻：「夫豈可道，甚言輨珠不足罄流動之義也。假體，輨珠之類也。如誤以假體之流動爲流動，則非愚而如愚矣。」見《二十四詩品淺解》，頁一二三。

㉝ 《二十四詩品淺解》，頁一二二、一二三。

signifier），這些詩景代表的美感經驗的世界才是符旨（signified），於此我們就可以分出分屬三個層面的不同世界。如果我們再細看敍述者的說話對象，情況可能更爲複雜；例如〈沉着〉一則，最後兩句「如有佳句，大河前橫」，正如《詩品臆說》所講：「此首前十句皆言沉着之思，尾二句方拍到詩上。」[34]是敍述者所加的按語，但這意見是向誰而發的呢？如果依照祖保泉的解釋，這是向詩中「脫巾獨步」的人所作的提示；[35]同樣〈典雅〉一則最後兩句「書之歲華，其曰可讀」，也可以解釋爲敍述者向詩中人提示：面對此佳景，應該寫成可讀之詩。這樣解釋的一個前提是詩中「脫巾獨步」或「賞雨茆屋」的人是一位能詩之士，[36]敍述者揷入了詩中的世界，以旁觀的身份，在恰當的時機給他們一些提示，教他們把握當前景色，著爲詩篇。當然《詩品》各則所描述的人物不能完全視作詩人，如〈冲淡〉一則出現的一位超然塵外的仙眞人，末二句「脫有形似，握手已違」如作詩論提示看待的話，一定不是說給詩中人聽的。回看〈沉着〉、〈典雅〉二則的敍述者按語，旣可解釋爲向詩外讀者的解說，也可視爲向詩中人所作的提示。這種歧義雖然不大可能是司空圖刻意經營的結果，但歧義的存在確使《詩品》的後設詩歌的特點進一步

---

[34] 《詩品臆說》，頁一七。

[35] 祖保泉《司空圖詩品解說》（合肥：安徽人民出版社，一九八〇），頁三五一三六。Pauline Yu 指出祖保泉傾向以詩學手册的方式作解說，以爲每首詩都是對學詩的人所作的指導，見 "Ssu-K'ung T'u's *Shih-P'in*", p. 87.

[36] 王潤華就是從這個角度去理解詩中人物，見〈司空圖《詩品》風格說之理論基礎〉，頁一二四一一二七。

發揮，敍述者的聲音時隱時現，穿揷於不同水平的世界之間；而最重要的是讀者不單是被詩語構成的世界吸引，還被敍述者的多種出現方式引領到詩境以外的世界，再考慮到每境所指其實是更多同類型的個別詩境的共同精神，了解到不同詩風所能予讀者的感受。這種極力把自身抽離於物象世界，不作全面投入的思維方式，當是道家思想的表現，各品之中出現的「超以象外，得其環中」（〈雄渾〉）、「遇之匪深，即之已稀」（〈冲淡〉）、「眞予不奪，強得易貧」（〈自然〉）、「道不自器，與之圓方」（〈委曲〉）、「俱似大道，妙契同塵」（〈形容〉）、「超超神明，返返冥無」（〈流動〉）等語更全是道家哲學的精華。從這個角度看來，道家思想雖有消極保守的一面，但抽身而退之後能反省深思，以「得其環中」，也有積極有益的一面，而藝術理論更需要這種反思的精神，才能不黏不脫，把握藝術的眞象，《詩品》可說是這種精神主導的一個成功例子。

最後，在本節還需要補充解釋一點。上文指出《詩品》是詩歌風格或意境的分類，但這裏沒有試圖據二十四則《詩品》將詩歌風格作明確的分劃界定，因爲我認爲司空圖既沒有將詩歌風格作嚴謹的釐分，也沒有預備盡括所有的詩歌風格。㊲二十四則之中明顯包括了不同的風格，展示

㊲ 清人林昌彝《海天琴思錄》卷七批評《詩品》說：「詩之品何止二十四，況二十四品中相似者甚多。」轉引自郭紹虞《中國文學批評史》上册（上海：商務印書館，一九三四），頁二九五。

了相異的美感經驗，[38]但美感經驗的變異正如稜鏡下的不同顏色，由紫藍到橙紅之間的色調差異，是連綿不斷的變化，科學入門書所界定的紫、藍、青、綠、黃、橙、紅七色既非唯一準確的分劃，實在也沒有所謂更準確的分劃；同樣，美感經驗也沒有可能有一個確切不移的分劃。《詩品》只是從各方面去揭示若干不同的經驗範疇，二十四則中有相異極大的，也有難作區別的；而且表達方法主要借助某一個具體的經驗去反映某類型的美感經驗，其中牽連的因素極爲繁多，在很大程度上又仰賴讀者「自得之」，故此論者實在不必着眼其分類的準確程度，也不必計較所論風格是否有所遺漏。

六、《詩品》的研究

文學作品既然有賴讀者的參與，不同讀者經歷不同的閱讀過程，往往有不同的看法和感受。《詩品》是「詩」，歷來對《詩品》的歧解就相當多，以上所述只是我個人就閱讀所得而作的詮釋。以下我再介紹幾種重要或者有特色的看法。

《詩品》是包括二十四首獨立詩篇的大型詩組，不少研究者就力求探索其中的體系和脈絡，例如清道光年間的楊振綱在《詩品續解》中說《詩品》：

---

[38] 例如黃保眞認爲《詩品》中揭示了素美、壯美、華美三個美學範疇，見〈司空圖美學理論芻議〉，《文史知識》，一九八三年第二期（二月），頁三五—三六；潘世秀認爲其中有壯美、柔美、超脫等風格意境，見〈司空圖詩論與意境說〉，《古代文學理論研究》，第九輯（一九八四年四月），頁一八七。

本屬錯舉，原無次第，然細按之，卻有脈絡可尋，故綴數言，繫之篇首。雖然無當於作者之意，庶有裨於學者之心。[39]

他非常坦白，先聲明他的閱讀詮釋不必是作者之意。他指出〈雄渾〉是詩的基礎（「詩文之道，或代聖賢立言，或自抒其懷抱，總要見得到，說得出，務使健不可撓，牢不可破，才可當不朽之一，故先之以雄渾。」），〈流動〉是詩的變化（「其在〈易〉曰：變動不拘，周流六虛。天地之化，逝者如斯。蓋必具此境界，乃爲神乎其技，而詩之能事畢矣。故終之以流動。」）〈冲淡〉以下各品，都是上一品的補救，如對〈冲淡〉的解釋是：「雄渾矣，又恐雄過於猛，渾流爲濁。惟猛惟濁，詩之棄也，故進之以冲淡。」〈纖穠〉的解釋是：「冲淡矣，又恐絕無彩色，流入枯槁一路，則冲而漠，淡而厭矣，何以奪人心目，故進之以纖穠。」餘下各品都同此例。依此解釋則二十四則看來不但脈絡明晰，而且倫次不差；但後來學者多半不同意這種「風格調和論」。[40]另外楊廷芝在《詩品淺解》〈總論〉和〈小序〉，孫聯奎在《詩品臆說》中，都提出一套貫串各品的解釋方法，但與楊振綱所論一樣，不免被評爲「往往流於牽強附會。」[41]

[39] 〈瑣言二則〉，載《詩品集解》，頁六八。
[40] 祖保泉《司空圖的詩歌理論》，頁三九—四〇；又參蕭水順〈司空圖詩品研究〉，《師大國文研究所集刊》，第十七期（一九七三年七月），頁七〇八，吳調公〈司空圖和他的《詩品》〉，收入氏著《古代文論今探》（西安：陝西人民出版社，一九八二），頁九三—九四。
[41] 《二十四詩品淺解》，頁一二二—二三、八五；《詩品臆說》，頁四七。評語出自復旦大學中文系編《中國文學批評史》上册（上海：上海古籍出版社，一九七九），頁三二七。

今人研究中，同樣試圖探究《詩品》的內在結構，而能別出新解的是蕭馳的〈司空圖的詩歌宇宙——論《二十四詩品》的可理解性〉一文。作者指出《詩品》各則並非不相連屬，而係由天人合一觀念發展而來的一套形上詩學，並認為二十四品與二十四節氣相關，由〈雄渾〉到〈典雅〉代表第一季，〈洗鍊〉到〈含蓄〉是第二季，〈豪放〉到〈悲慨〉是第三季，〈形容〉到〈曠達〉為第四季；另外〈雄渾〉又代表「空間覆蓋的無限性」，而〈流動〉則是「時間貫通的無限性」，都是「本體論」。❹❷這種解釋非常新穎有趣，但其中亦有未能圓通之處。

另一種探討方法是企圖將《詩品》各則分類。清人許印芳就分二十四品為「品格」、「功用」兩大類。前者包括〈雄渾〉、〈高古〉、〈豪放〉、〈勁健〉、〈超詣〉、〈飄逸〉、〈清奇〉、〈冲淡〉、〈疏野〉、〈典雅〉、〈綺麗〉、〈纖穠〉十二則，後者包括〈悲慨〉、〈曠達〉、〈實境〉、〈洗鍊〉、〈精神〉、〈形容〉、〈委曲〉、〈縝密〉、〈流動〉、〈自然〉、〈含蓄〉、〈沉着〉十二則。他並且「會通其義，究厥終始」，作出解說分析，認為如能用這種解釋方法看《詩品》則「詩域之秘鑰可得，奧竅必開矣。」❹❸今人朱東潤更將二十四品分成五類，認為《詩品》是「詩的哲學論」，包括與詩有關的各種問題：

---

❹❷ 蕭馳〈司空圖的詩歌宇宙——論《二十四詩品》的可理解性〉，《中國社會科學》，一九八五年第六期，頁一四九—六三。

❹❸ 〈二十四詩品跋〉，載《詩品集解》，頁七三—七四。

一、論詩人之生活：疏野　曠達　冲淡
二、論詩人之思想：高古　超詣
三、論詩人與自然之關係：自然　精神
四、論作品
　陰柔之美：典雅　沉着　清奇　飄逸　綺麗　纖穠
　陽剛之美：雄渾　悲慨　豪放　勁健
五、論作法：縝密　委曲　實境　洗鍊　流動　含蓄　形容[44]

雖然二人的分類方法都備受批評，[45]但他們指出《詩品》所牽涉的各方面，如語言表達、詩人與外界關係等論點，亦爲以後的研究者吸收。

另一個經常被討論的問題是：《詩品》是否不主一格？清趙執信在《談龍錄》說：

司空表聖云：「味在酸鹹之外」，蓋概而論之，豈有無味之詩乎哉！觀其所第二十四品，設格甚寬，後人得以各從其所近，非第以「不著一字，盡得風流」為極則也。[46]

《四庫全書總目提要》云：

---

[44] 朱東潤〈司空圖詩論綜述〉，頁九一一〇；又見氏著《中國文學批評史大綱》（上海：上海古籍出版社，一九八三新一版），頁九九。

[45] 如郭紹虞《中國文學批評史》上册，頁二九三；蕭水順〈司空圖詩品研究〉，頁四六；江國貞《司空表聖研究》（臺北：文津出版社，一九七八），頁一八二—八三。

[46] 見陳邇冬校點《談龍錄，石洲詩話》（北京：人民文學出版社，一九八一），頁一一。

所列諸體畢備，不主一格。王士禎但取其「采采流水，蓬蓬遠春」二語，又取其「不著一字，盡得風流」二語，以為詩家之極則，其實非圖意也。㊼兩人都在批評王士禎的詩論，但王士禎只是表示自己對《詩品》各則的選擇和偏好，實在沒有指明司空圖是以〈含蓄〉或〈纖穠〉爲《詩品》的唯一宗旨。（詳見下文）後人討論《詩品》宗旨時卻由此產生不同的見解。羅根澤就表示同意《四庫提要》的說法，而祖保泉也說：「論詩『不主一格』，我以爲這是司空圖在詩的風格論上的一點貢獻。」又黃保眞說：「司空圖的詩歌美學，並不是王孟詩歌美學。《四庫提要》的編者讚揚他『深解詩理』，謂《詩品》所論，『諸體畢備』也是符合實際的。」他認爲〈冲淡〉、〈自然〉等「素美」範疇只是他的詩歌哲學的其中一個重點。㊽

與上引持相反論見的也有許多，如周來祥說《詩品》「倡導和禮贊了一種冲淡、自然的美的理想。」喬力也認爲冲淡之境「不僅在第二品專論，並將這種精神貫穿於全書各品間。」羅仲鼎等又說：「司空圖是冲淡自然之美的贊禮者，這種審美觀點，像一根主要的線索貫穿於二十四詩品之中。」㊾他們的意見是《詩品》不是「不主一格」，而是專主「冲淡」、「自然」等格，與

㊼ 《四庫全書總目》（臺北：藝文印書館，一九七四），卷一九五，頁一〇上。

㊽ 黃保眞〈論司空圖的詩歌哲學〉，《古代文學理論研究》，第七輯（一九八二年十一月），頁二〇二—〇三。

㊾ 周來祥〈不著一字，盡得風流——略論司空圖的《詩品》〉，《古代文學理論研究》，第二輯（一九八〇年七月），頁二二九；喬力《二十四詩品探微》（濟南：齊魯書社，一九八三），頁一五三；羅仲鼎、吳宗海、蔡乃中《詩品今析》（南京：江蘇人民出版社，一九八三），頁一三。

王孟詩派的關連最大。

另外郭紹虞又提出了一種看似折衷之說。他認爲要分開兩個不同的問題：「一個是司空圖論詩的態度，一個是他作《詩品》的宗旨」；「就他的論詩主旨而言，重在言外之致，要『近而不浮，遠而不盡』，要『味在酸鹹之外』，其意確是上承摩詰，下啓漁洋，與神韻說最相近似。」；「他論詩品，應當顧到詩的諸種風格，求其全面。……因爲這不是他的論詩宗旨，不可能局於一格。」㊿郭氏認爲司空圖雖然偏嗜冲淡含蓄的詩風，但《詩品》則討論了各種不同的風格；究之，他還是同意《詩品》是「不主一格」的。

以上的概述，當然未能盡括現今司空圖研究的種種現象，比方說本文就未有介紹部分學者就《詩品》中的個別風格或某種表現方法所作的研究，[51]但我們已經可以約略看到各家所論確有或大或小的歧異；事實上對於文學研究，尤其是文學的後設研究，實在不能期望有一個簡單直捷的定案。

㊿《詩品集解》，頁一九三—九四。

[51] 如王建元從現象學的角度解釋西方"Sublime"的觀念與〈勁健〉、〈豪放〉、〈雄渾〉等品的關係，見〈雄偉乎？崇高乎？雄渾乎？〉，載張錯、陳鵬翔編《文學史學哲學》(臺北：時報出版社，一九八二)，頁一六七—二〇〇，"The Sublime in the Taoist Aesthetics: An Interpretation of Ssu-K'ung T'u's *'Ching-chien,' 'Hao-fang'* and *'Hsiung-hun',*" *Tamkang Review,* Vol. 14 (1983/84), pp. 535-54. 吳彩娥從象徵批評的方法看《詩品》見〈論象徵批評與司空詩品的批評方法〉，《幼獅學誌》，第十七卷，第二期（一九八二年十月），頁五六—七五。

七、《詩品》的影響

不少人認爲唐代的司空圖、宋代的嚴羽和清代的王士禎三家，同屬一個詩學源流，都是文學史上的王孟詩風在文學批評史上的投影。這種見解有可議之處，但也有部分可取的地方。《詩品》是否專主王孟一派的詩風，正如上一節所講，至今還未能論定，但他在〈與李生論詩書〉和〈與王駕評詩書〉中，明顯表示出對王維和韋應物詩的好感；至於嚴羽與王孟詩風的關係，也在疑似之間，有人認爲他「內崇王孟而陰抑少陵」，但駁斥此說的人也很多；[52]唯一可以肯定的是王士禎褒揚王孟詩風不遺餘力，而他又曾多番稱引司空圖和嚴羽的詩論；所以說三家詩說有關連之處，亦未嘗不可。下文討論《詩品》對後世的影響，也約略依據這一條線索。

在嚴羽的《滄浪詩話》中，與《詩品》最相關的地方是〈詩辨〉一章所說的：

詩之品有九：曰高，曰古，曰深，曰遠，曰長，曰雄渾，曰飄逸，曰悲壯，曰凄婉。[53]

陶明濬《詩說雜記》爲此作出補充解釋：

何謂高？凌青雲而直上，浮顥氣之清英是也。何謂古？金薤琳瑯，黼黻溢目者是也。何謂

---

[52] 語出朱東潤〈滄浪詩話參證〉，載《中國文學論集》，頁三八。有關此說的駁辯，詳參黃景進《嚴羽及其詩論之研究》（臺北：文史哲出版社，一九八六），頁二二一—二二五。

[53] 郭紹虞《滄浪詩話校釋》（北京：人民文學出版社，一九八三第二版），頁七。

深？盤谷獅林，隱翳幽奧者是也。何謂遠？滄溟萬頃，飛鳥決背是也。何謂長？重江東注，千流萬轉者是也。何謂雄渾？荒荒油雲，寥寥長風者是也。何謂飄逸？秋天閒靜，孤雲一鶴是也。何謂悲壯？笳拍鐃歌，酣暢猛起者是也。何謂淒婉？絲哀竹濫，如怨如慕者是也。❺❹

解說的方法也仿效《詩品》，尤其〈雄渾〉品更直以司空圖的原文「荒荒油雲，寥寥長風」作解，可見在陶氏眼中，二者是同類的論見。郭紹虞也認爲嚴羽的九品是由司空圖的二十四品所約成，並說：

雖多寡不同，總之都是只就藝術表面現象而論，並未顧及才學氣習諸端，所以滄浪之失，也與司空圖《二十四詩品》相同。❺❺

又有學者指出嚴羽說詩「如空中之音，相中之色，水中之月，鏡中之象」，其實是司空圖「象外之象」、「如覓水影，如寫陽春」的更爲形象的說明。❺❻至於嚴羽所講的「不落言筌」之說，也有人將之與司空圖的「不著一字，盡得風流」並論，認爲同是文學表現原則。❺❼司空圖的詩論，

❺❹ 轉引自《滄浪詩話校釋》，頁八。
❺❺ 《滄浪詩話校釋》，頁一〇；又參黃景進《嚴羽及其詩論之研究》，頁二一九—二一。
❺❻ 祖保泉《司空圖的詩歌理論》，頁七三。
❺❼ 藍華增〈古代詩論意境說源流芻議〉，載氏著《說意境》（昆明：雲南人民出版社，一九八四），頁一二〇。

也被視爲嚴羽的「語忌直，意忌淺，脉忌露，味忌短」的先導。[58]

嚴羽似乎未嘗標榜自己曾取徑於《詩品》，但王士禎就幾番徵引司空圖的說話作爲自己詩論的基礎，例如《蠶尾文》云：

司空表聖作《詩品》，凡二十四，有謂「冲淡」者，曰：「遇之匪深，即之愈稀。」有謂「自然」者，曰：「俯拾即是，不取諸鄰。」有謂「清奇」者，曰：「神出古異，澹不可收。」是品之最上者。

《香祖筆記》云：

表聖論詩，有二十四品，予最喜「不著一字，盡得風流」八字。又云：「采采流水，蓬蓬遠春。」二語形容詩境亦絕妙，正與戴容州「藍田日暖，良玉生煙」八字同旨。

表明了自己對《詩品》中某些詩境的偏愛，在《分甘餘話》中，他又引詩例解釋「不著一字，盡得風流」二語，並說：

詩至此，色相俱空，政如羚羊挂角，無跡可求，畫家所謂逸品是也。[59]

可見他對《詩品》是非常重視的。大家都知道，他所標舉的「神韻說」，本源於《詩品》和《滄

[58] 祖保泉《司空圖的詩歌理論》，頁七四。不過，黃景進認爲嚴羽詩論未必受司空圖影響，詳參《嚴羽及其詩論之研究》，頁一一〇—一一二。

[59] 均見戴鴻森校點、張宗柟纂集《帶經堂詩話》（北京：人民文學出版社，一九八二），頁七二、七〇—七一。

浪詩話》的部分言論，60只不過他的閱讀和詮釋方法，不是人人都能同意罷了。

司空圖《詩品》在清代特別受到重視，除了王士禎據此建立神韻一派詩風之外，我們現在看到的舊注本，亦多是清人所撰，可知清代鑽研《詩品》的人很多；據記載甚至科舉考試也有以《詩品》中的語言爲題：61故此講授誦習的人更不在少數。至於模仿《詩品》而作的各種演補，亦大盛於清代，其中最著名的是袁枚的《續詩品》，他在卷首特別聲明：

余愛司空表聖《詩品》，而惜其祇標妙境，未寫苦心，為若干首續之。62

可知他所描摹的是作家經營鍛煉的過程。仿效他的有江順詒的《補詞品》。其他效法司空圖《詩品》的，據郭紹虞所列有：顧翰《補詩品》、曾紀澤《演司空表聖詩品二十四首》、馬榮祖《文頌》、許奉恩《文品》、魏謙升《二十四賦品》、郭麐《詞品》、楊夔生《續詞品》等，但價值不高，亦不能造成影響，在此就不再詳論了。

---

60 參黃景進《王漁洋詩論之研究》（臺北：文史哲出版社，一九八〇），頁六九—七〇。
61 參焦循〈刻詩品叙〉、無名氏〈司空表聖二十四詩品注釋叙〉，均載《詩品集解》，頁五九、七四。
62 載《詩品集解》，頁一四五。

附錄

司空圖研究論著目錄

凡例

一、本目錄只包括現代出版（一九三一年——一九八六年）有關司空圖研究的中文著述；

二、凡中國文學史及文學批評史中有關司空圖的專節，不予列入；

三、本目錄以年份先後爲次，先列單行專著，次列單篇論文。

一九三一年

遺石　《詩品》評議　北平晨報藝圃　一九三一年五月七、八、十、十三、十四、十九、二十

一、二十二、二十五、二十六、二十七、三十日，六月一、二、四、六、十一、十二、十三、十五日連載

朱東潤　司空圖詩論綜述　武漢大學文哲季刊　第三卷第二期（一九三四年五月）　頁二六九—二九三

一九三四年

李戲魚　司空圖《詩品》與道家思想　文學集刊　第一期（一九四四年四月）

一九四四年

朱東潤　司空圖詩論綜述　收入朱東潤　中國文學批評論集　上海：開明書店　一九四七年

一九四七年

一九五九年

杜呈祥　司空圖　收入張其昀編　中國文學史論集　第二册　臺北：中華文化出版社　一九五九年　頁四六七—四八三

一九六一年

祖保存　讀司空圖《詩品》扎記　合肥師範學院學報　一九六一年第二期

雷履平　詩的含蓄美——讀司空圖《詩品》扎記　四川文學　一九六一年第八期

一九六二年

吳調公　詩品、構思、風格——司空圖《詩品》的風格論　南京師院學報　一九六二年第一期

吳調公　詩品、詩境、詩美——司空圖《詩品》的美學觀　江海學刊　一九六二年第三期

吳調公　略談司空圖及其《詩品》　文匯報　一九六二年八月二十九日

吳調公　司空圖的詩歌理論與創作實踐　新建設　第九期（一九六二年九月）　頁五七—六四

孫昌熙、劉淦　讀《詩品臆說》　文史哲　一九六二年第三期

雷履平　談豪放——讀司空圖《詩品》扎記之二　四川文學　一九六二年第三期

一九六三年

郭紹虞　詩品集解・續詩品注　北京：人民文學出版社　一九六三年

李俊虎　唐代詩論家司空圖　學術通訊　一九六三年第六期

一九六四年

黃緯堂　影響極大的唯心詩論者司空圖　收入黃緯堂　中國歷代文藝理論家　香港：上海書局　一九六四年　頁四九—五五

吳調公　詩品、構思、風格——司空圖《詩品》的風格論　藝林叢錄　第四期（一九六四年四月）

高捷　《廿四詩品》試探　學術通訊　一九六四年第一期

陳曉薔　司空圖與《詩品》　現代學苑　第一卷第四期（一九六四年七月）　頁一四七—一五二

黃廣華　《詩品臆說》是現實主義著作嗎？——與孫昌熙、劉淦同志商榷　文史哲　一九六四年第六期　頁八一—八三

一九六五年

祖保泉　司空圖《詩品》注釋及譯文　香港：商務印書館　一九六五年

陳曉薔　談司空圖的詩論：韻外致與味外旨　現代學苑　第一卷第十二期（一九六五年三月）　頁四七五—四七九

孫昌武　司空圖《詩品》研究的幾個問題　文史哲　一九六五年第四期　頁三九—四六

一九六九年

蔡朝鐘　唐司空圖詩集校注　臺北：中國文化學院中文研究所碩士論文　一九六九年

羅聯添　唐司空圖事跡繫年　大陸雜誌　第三十九卷第十一期（一九六九年十二月）　頁一四—三〇

一九七一年

朱東潤　司空圖詩論綜述　收入學生書局編　中國文學批評家與文學批評　臺北：學生書局，一九七一年　第一册　頁一五九—一八八

一九七二年

李豐楙　司空圖《詩品》試評　中國詩季刊　第三卷第二期（一九七二年六月）　頁一一一九

一九七三年

蕭水順　司空圖《詩品》研究　國立臺灣師範大學國文研究所集刊　第十一輯（一九七三年）頁六六五—七三〇

蕭水順　司空圖與《詩品》（上、下）　中華文化復興月刊　第六卷第四、五期（一九七三年四、五月）

蕭水順　司空圖《詩品》淵源探討　中華文化復興月刊　第六卷第七期（一九七三年七月）

蕭水順　司空圖《詩品》體系探討　中華文化復興月刊　第六卷第八期（一九七三年八月）

蕭水順　司空圖《詩品》特質探討　中華文化復興月刊　第六卷第十期（一九七三年十月）

王潤華　「觀花匪禁」之文字及其意象根源　大陸雜誌　第四十六卷第三期（一九七三年三月）頁五三—五六

一九七五年

菊韻　司空圖的詩論（上、下）　今日中國　第四十八、四十九期（一九七五年四、五月）

一九七六年

杜松柏　司空圖、嚴羽以禪論詩之影響　收入杜松柏　禪學與唐宋詩學　臺北：黎明文化事業公司　一九七六年　頁四〇七—四三六

李豐楙　司空圖《詩品》述評　夏聲　第一三九期（一九七六年六月）

王潤華　《詩品》風格說之理論基礎　大陸雜誌　第五十三卷第一期（一九七六年七月）　頁二三—二七

一九七七年

彭錦堂　司空圖詩味論　東海大學中文研究所碩士論文　一九七七年

一九七八年

江國貞　司空表聖研究　臺北：文津出版社　一九七八年

王潤華　「觀花匪禁」之文字及其意象根源　收入王潤華　中西文學關係研究　臺北：東大圖書

公司　一九七八年　頁一一二—一一三

王潤華　《詩品》風格說之理論基礎　收入王潤華　中西文學關係研究　臺北：東大圖書公司　一九七八年　頁一二三—一三七

王潤華　從司空圖論詩的基點看他的詩論　大陸雜誌　第三十六卷第五期（一九七八年五月）　頁四二—四六

劉偉林　評司空圖的詩歌理論　華南師院學報　一九七八年第四期

一九七九年

朱東潤　司空圖詩論綜述　收入羅聯添編　中國文學史論文選集第三冊　臺北：學生書局　一九七九年　頁一一三九—一一五五

蔡其矯　司空圖《詩品》　河北人民出版社　一九七九年

一九八〇年

祖保泉　司空圖《詩品》解說（修訂本）　合肥：安徽人民出版社　一九八〇年

孫聯奎、楊廷芝　司空圖《詩品》解說二種（包括：孫聯奎《詩品》臆說　楊廷芝《廿四詩品》淺解）　濟南：齊魯書社　一九八〇年
張志良　說含蓄——讀司空圖《詩品》扎記　教學與進修　一九八〇年第一期
蔡其嬌　司空圖《詩品》選譯　詩刋　一九八〇年第一期
劉淦　不著一字盡得風流——讀《廿四詩品・含蓄》　教與學（山東師院聊城分院）　一九八〇年第一期
羅仲鼎　老莊哲學與司空圖《詩品》　杭州師院學報　一九八〇年第一期
蔡乃中、吳宗海、羅仲鼎　司空圖《詩品》今譯　羣衆論叢　一九八〇年第二期
劉淦　濃盡必枯，淡者屢深　濟寧師專學報　一九八〇年第二期
劉淦　采采流水，逢逢遠春——讀《廿四詩品・纖穠》　濟寧師專學報　一九八〇年第三期
夏太生　讀司空圖《詩品・含蓄》　牡丹江師院學報　一九八〇年第四期
謝維琪　「雄渾」，美哉！偉哉！　牡丹江師院學報　一九八〇年第四期
曾永晨　「超以象外，得其環中」　牡丹江師院學報　一九八〇年第四期
張滌修　「沖淡」小議　牡丹江師院學報　一九八〇年第四期
張志良　釋豪放——讀司空圖《詩品》札記　教學與研究（南通師專學院）　一九八〇年第五期
蔡厚示　「離形得似」與「萬取一收」——試論司空圖《詩品》中關於詩歌形象化和典型化的見

解　古代文學理論研究　第二輯（一九八〇年七月）頁二一七—二二七

周來祥　不著一字，盡得風流——略論司空圖的《詩品》　古代文學理論研究　第二輯（一九八〇年七月）頁二二八—二三八

滕云　「辨詩味」和詩的「味外之旨」　文學評論叢刊　第七輯（一九八〇年十月）

江國貞　司空圖思想研究　臺北商專學報　第十五輯（一九八〇年十月）頁十三—九八

一九八一年

劉淦　超以象外，得其環中——讀司空圖《詩品・雄渾》　欣賞與評論　一九八一年第一、二期

敏澤　皎然的《詩式》和司空圖的《詩品》　社會科學研究　一九八一年第一期　頁八一—九一

皮朝綱　司空圖的韻味說及其審美理論　南充師範學院學報　一九八一年第一期　頁六二—六八

伍郢　說「象外」之「境」（《中國古代詩論家說意境》之一節）　韓山師專學報　一九八一年第二期

王世德　「離形得似」與「味外之旨」　四川師院學報　一九八一年第二期　頁四一—四三

劉淦　海風碧雲，夜渚月明——讀《廿四詩品・沈著》　濟寧師專學報　一九八一年第三期

劉淦　飲之太和，獨鶴與飛——讀司空圖《詩品・沖淡》　浙江師院學報　一九八一年第四期

王世德　詩味醇美在咸酸之外——司空圖提出的一條美學原理　廣州文藝　一九八一年第五期

賴美香　從司空圖《詩品》談「存質究實，鎭浮勸用」的淑世文學論　孔孟月刊　第十九卷第九期（一九八一年五月）　頁三四—三六

原德汪　司空表聖的人品與《詩品》　中華文化復興月刊　第十四卷第七期（一九八一年七月）　頁三八—三九

胡明　司空圖《詩品》是如何品詩的——兼論「象」與「象外之象」　古代文學理論研究　第五輯（一九八一年十月）　頁二一〇—二三〇

一九八二年

吳調公　詩品、詩境、詩美——司空圖《詩品》的美學觀　收入吳調公　古代文論今探　西安：陝西人民出版社　一九八二年　頁一〇八—一二三

吳調公　司空圖的詩歌理論與創作實踐　收入吳調公　古代文論今探　西安：陝西人民出版社　一九八二年　頁一二四—一四一

吳調公　詩品、構思、風格——司空圖《詩品》的風格論　收入吳調公　古代文論今探　西安：陝西人民出版社　一九八二年　頁九六—一〇七

吳調公　司空圖和他的《詩品》　收入吳調公《古代文論今探》　西安：陝西人民出版社　一九八二年　頁八八—九五
黃美鈴　司空圖《詩品》之風格論　收入黃美鈴　唐代詩評中風格論之研究　第四章　臺北：文史哲出版社　一九八二年　頁七九—一〇六
王建元　雄偉乎？崇高乎？雄渾乎？　收入張錯、陳鵬翔編　文學史學哲學　時報出版社　一九八二年　頁一六七—二〇〇
李文球　論司空圖韻味說　古代文學理論研究　第六輯（一九八二年九月）　頁一六七—一八〇
李文球　論司空圖韻味說　通化師院學報　一九八二年第一期　頁三九—四七
原德汪　司空表聖的人品與《詩品》　山西文獻　第十九期（一九八二年一月）　頁五九—六一
詹幼馨　略論司空圖《詩品》的內在聯繫與辨證因素　武漢師院漢口分院學報　一九八二年第一期
蕭鴻江　自然、含蓄，唐詩所長、詩品所尚——司空圖《詩品》斷想　丹東師專學報　一九八二年第一期
劉淦　淺談司空圖詩論中的流動規律　濟寧師專學報　一九八二年第一期
李正綱　說「雄渾」——讀司空圖《廿四詩品》札記　牡丹江師院學報　一九八二年第二期
詹福瑞　詩家之總匯，詩道之筌蹄——司空圖《詩品》風格論淺識　河北大學學報　一九八二年

第三期

白貴　司空圖美學思想概觀　內蒙古大學學報　一九八二年第三、四期

吳調公　壯士拂劍，浩然彌哀——讀司空圖《退棲》詩　名作欣賞　一九八二年第四期

周鵬　「味外之旨」與「象外之象」——司空圖《二十四詩品》讀札　武漢師院學報　一九八二年第四期

趙浩如　司空圖及其《二十四詩品》　邊疆文藝　一九八二年第八期

吳彩娥　論象徵批評與司空圖《詩品》的批評方法　幼獅學誌　第十七卷第二期（一九八二年十月）　頁五六—七五

黃保眞　論司空圖的詩歌哲學　古代文學理論研究　第七輯（一九八二年十一月）　頁一七六—二〇七

一九八三年

喬力　《二十四詩品》探微　濟南：齊魯書社　一九八三年

羅仲鼎、吳宗海、蔡乃中　《詩品》今析　江蘇人民出版社　一九八三年

詹幼馨　司空圖《詩品》衍繹　香港：華風書局　一九八三年

朱國慶　司空圖論詩的象外之象和味外之味　研究生論文選集——中國古代文學分册　江蘇人民出版社　一九八三年　頁一七九—一九〇

朱東潤　司空圖詩論綜述　收入朱東潤　中國文學論集　北京：中華書局　一九八三年　頁一—二三

白貴　司空圖美學思想概觀　收入復旦大學編　中國古代美學史研究　上海：復旦大學出版社　一九八三年頁三一七—三三六

羅仲鼎、蔡乃中　司空圖美學思想例釋　杭州師院學報　一九八三年第一期

弘征　《詩品》今譯（二題）　湘江文學　一九八三年第一期

弘征　司空圖和他的《詩品》——《詩品》今譯附例前言　文學知識　一九八三年第一期

黃保眞　司空圖美學理論芻議——讀《二十四詩品》　文史知識　一九八三年第二期　頁三一—三六

關瑩　試論婉曲與卽景　沈陽師範學院學報　一九八三年第二期

張仁鏡　淺談司空圖及其詩論　漢中師院學報　一九八三年第二期

王濟亨　司空圖《詩品》注譯（一）　山西師院學報　一九八三年第四期

王濟亨　司空圖的生平和思想　晉陽學刊　一九八三年第六期

一九八四年

弘征　司空圖《詩品》今譯・簡析・附例　銀川：寧夏人民出版社　一九八四年

周來祥　不著一字，盡得風流——論司空圖的美學思想　收入周來祥　美學問題論稿　西安：陝西人民出版社　一九八四年　頁四八一—四九三

周鵬　「味外之旨」與「象外之象」——讀司空圖《二十四詩品》札記　收入張舜徽主編　一九八一—一九八二大學畢業論文選評——語言、文學專輯　長沙：湖南教育出版社　一九八四年　頁二四一—二五〇

周振甫　談司空圖《詩品》的「離形得似」　收入霍松林、林從龍編　《唐詩探勝》　鄭州：中州古籍出版社　一九八四年　頁四四五—四五一

王濟亨　司空圖《詩品》注譯（二）（三）（四）（五）　山西師院學報　一九八四年第一—四期

李黎　審美意象與司空圖的《詩品》　社會科學輯刊　一九八四年第一期

郭政　《詩品》譯析例解　名作欣賞　一九八四年第一期

李宏、何傳軍　《廿四詩品》與形象思維　南陽師專學報　一九八四年第一期

劉淦　司空圖詩歌風格論初探　濟寧師專學報　一九八四年第一期

陳必勝　「詩味」與「味詩」——略談司空圖的鑒賞論　文藝理論研究　一九八四年第二期　頁

一〇〇—一〇五

郁沅　司空圖審美理論中的「三外」說　社會科學戰線　一九八四年第二期

唐隼　司空圖的《廿四詩品》　自修大學　一九八四年第四期

王屛　司空圖美學思想初探　思想戰線　一九八四年第六期（十二月）　頁八〇—八六

張少康　象外之象，景外之景——論司空圖的《詩品》　中國文藝思想史論叢　第一輯（一九八四年五月）　頁二一〇—二二九

岩溪裳川、森槐南著，陳西中譯　二十四詩品舉例　中國文藝思想史論叢　第一輯（一九八四年五月）　頁二三〇—二五〇

潘世秀　司空圖詩論與意境說　古代文學理論研究　第九輯（一九八四年四月）　頁一七九—一九一

一九八五年

吳調公　讀司空圖《退居漫題》第一、三首　收入吳調公　古典文論與審美鑒賞　濟南：齊魯書社　一九八五年　頁四五五—四五八

吳調公　司空圖的生平、思想及其文藝主張　收入吳調公　古典文論與審美鑒賞　濟南：齊魯書

社　一九八五年　頁一九五—二一二
吳調公　壯士拂劍，浩然彌哀——讀司空圖《退棲》詩　收入吳調公　古典文論與審美鑒賞　濟南：齊魯書社　一九八五年　頁四四九—四五四
李清　司空圖的意境性質論新探　雲南師範大學學報　一九八五年第五期　頁三六—四三
蕭弛　司空圖的詩歌宇宙　中國社會科學　一九八五年第六期（十一月）　頁一四九—一六三

一九八六年

趙福壇箋釋，黃能升參證　《詩品》新釋　廣州：花城出版社　一九八六年
羅聯添　司空圖年譜　收入羅聯添　唐代詩文六家年譜　臺北：學海出版社　一九八六年　頁五五一—五九九
郁沅　司空圖的美學思想　收入郁沅　中國古典美學初編　武漢：長江文藝出版社　一九八六年　頁二八八—三一八
向以鮮　試釋兩種意境美類型的含義——雄渾與沖淡　收入南開大學編　意境縱橫探　天津：南開大學出版社　一九八六年頁六九—九六
朱琦　物象、意象、意境：司空圖的詩歌創作論　山西大學學報　一九八六年第一期　頁四一—四六

王濟亨　中國古典詩歌審美範疇的總龜：司空圖《詩品》注釋後叙　山西師大學報　一九八六年第一期　頁八〇—八二

李清　司空圖詩論再探　雲南師範大學學報　一九八六年第一期　頁四〇——五三

劉淦　壯士拂劍，浩然彌哀：讀《廿四詩品·悲慨》　臨沂師專學報　一九八六年第一期　頁五八—六〇

王麗娜　司空圖的《二十四詩品》在國外　文學遺產　一九八六年第二期　頁一〇〇—一〇六

呂美生　從李商隱的《夜雨寄北》看司空圖「思與境偕」的美學韻味　安徽大學學報　一九八六年第二期　頁四六—五一

趙福壇　《詩品新釋》序　廣州師院學報　一九八六年第二期　頁四一—四三

趙盛德　司空圖《詩品》的理論系統及其民族特色　學術論壇　一九八六年第三期　頁二二—二六、三一

李壯鷹　略論司空圖「味外說」的第一面貌　學術月刊　一九八六年第三期　頁四八—五三

蕭弛　滋味、韻味、神韻——詩歌藝術趣尙的歷史沿革　江漢論壇　一九八六年第八期　頁四五—四九

黃保眞　晚唐社會矛盾與司空圖的思想演變　文學論集第八輯（一九八六年一月）　頁二八二—三〇四。

《懷麓堂詩話》論杜甫

杜甫的聲望，到宋代開始大盛❶，此後歷盛不衰；雖然有學者說明代是「揚李（白）抑杜（甫）」的時期❷，但此說實在値得商榷。就以明代中前期的重要詩論家李東陽爲例，我們不但不

---

❶ 有關杜甫的聲譽在唐代及以後的變化，可參閱近人的討論文章：宋廓〈略論前人對杜詩的評價〉，《文學遺產增刊》，第一輯（一九五五年九月），頁一九七—二〇二；蒼梧〈古人眼中的杜甫詩〉，《幼獅文藝》，第三九卷，第六期（一九七四年六月），頁一四七—一五三；曾棗庄〈「百年歌自苦，不見有知音」——論唐人對杜詩的態度〉，收入曾棗庄《杜甫在四川》（成都：四川人民出版社，一九八三），頁二五七—二七八；曾棗庄〈「天下幾人學杜甫，誰得其皮與其骨」——論宋人對杜詩的態度〉，收入《杜甫在四川》，頁二七九—二九八；黃稚荃〈杜詩在中國詩史上的地位〉，《草堂》，一九八三年，第一期（三月），頁一—六；鄺健行〈杜甫在唐人心目中的地位〉，收入鄺健行《中國詩歌論稿》（香港：新亞研究所，一九八四），頁一二七—一四八；許總〈唐人論杜述評〉，《唐代文學論叢》，第五輯（一九八四年四月），頁七—二四；以及葉綺蓮《杜詩學》（香港大學碩士論文，一九六五）。其中有些學者認爲杜甫在生前已爲世人重視，也有學者認爲杜甫的聲望要到宋代才普遍受到重視。筆者的意見比較傾向後一種說法。

❷ 這是裴斐的說法，見〈歷代李白評價述評〉，《文學評論叢刊》，第五輯（一九八〇年三月），頁八。有關歷史上的「李杜優劣論」還可參考羅宗強〈李杜優劣論之歷史回顧〉，收入羅宗強《李杜論略》（呼和浩特：內蒙古人民出版社，一九八二），頁一—二七；陳貽焮〈「李杜文章在，光焰萬丈長」——李杜優劣論述評〉，《文藝理論研究》，一九八二年，第一期，頁六四—七一。

覺得他有貶抑杜甫的企圖，而且可以肯定他對杜詩着實下過一番功夫，能夠揭示其中的優點，以及在詩史發展過程中的重要地位。

李東陽，字賓之，號西涯，生於明英宗正統十二年（一四四七年），卒於明武宗正德十一年（一五一六年）；位至宰輔，參預內閣機務十餘年，是明朝著名的政治家。另一方面，他又注意「以詩文引後進」，「天下翕然宗之」❸，成爲一時的文壇領袖，在明代詩論史上，他更是「臺閣體」轉到「復古主義」的關鍵人物，王世貞說他之於李夢陽和何景明，就好像陳勝之於劉邦❹；錢謙益爲壓低前後七子，更特別褒揚李東陽，認爲他樹立「茶陵詩派」，歷史地位應較七子爲高❺。

李東陽著有《懷麓堂集》一百卷，內有《懷麓堂詩話》一卷❻，他的論詩主張，具見其中，

---

❸ 見《明史》（北京：中華書局，一九七四），卷一八一，〈劉健傳〉，頁四八一二；卷二八六，〈李夢陽傳〉，頁七三四七。

❹ 王世貞《藝苑巵言》，收入丁福保編《歷代詩話續編》（北京：中華書局，一九八三），頁一〇四四。

❺ 見錢謙益《列朝詩集小傳》（上海：上海古籍出版社，一九八三），丙集，〈李少師東陽〉，頁二四五——二四六。又參王士禎《帶經堂詩話》（北京：人民文學出版社，一九六三），卷二，頁六二——六四。

❻ 本篇引文根據周寅賓點校《李東陽集》（長沙：岳麓書社，一九八三——八五）；全書分三卷：第一卷包括〈詩前稿〉、〈詩後稿〉及〈雜記〉，另有補遺作附錄；第二卷包括〈文前稿〉及〈雜記〉，〈懷麓堂詩話〉爲〈雜記〉中一卷；第三卷包括〈文後稿〉及附錄。以下引文僅舉頁碼。

其餘詩文雖間有發揮，但意見大抵不出《詩話》所論，故此本文就以《詩話》爲根據，探討其中與杜甫有關的論見。

一、杜甫與李白「齊名並價」

在《懷麓堂詩話》中，常見「李、杜」並稱，亦不見有「揚李抑杜」的意思；現在先摘引其中「李、杜」合論的五條詩話，再作分析：

1. 唐詩，李、杜之外，孟浩然、王摩詰足稱大家。(頁五三二)
2. 潘禎應昌嘗謂予詩宮聲也。予訝而問之，潘言其父受于鄉先輩曰：「詩有五聲，全備者少。惟得宮聲者為最優，蓋可以兼衆聲也。李太白、杜子美之詩為宮，韓退之之詩為角，以此例之，雖百家可知也。」予初欲求聲於詩，不過心口相語，然不敢以示人。聞潘言，始自信以為昔人先得我心。天下之理，出于自然者，固不約而同也。(頁五三三)
3. 李、杜詩，唐以來無和者，知其不可和也。(頁五四〇)
4. 作山林詩易，作臺閣詩難。山林詩或失之野，臺閣詩或失之俗。野可犯，俗不可犯也。蓋惟李、杜能兼二者之妙。(頁五四九)
5. 太白天才絕出，真所謂「秋水出芙蓉，天然去雕飾」。今所傳石刻「處世若大夢」一詩，序稱「大醉中作，賀生為我讀之。」此等詩皆信手縱筆而就，他可知已。前代傳子美「桃花細逐楊花落」手稿有改定字，而二公齊名並價，莫可軒輕。稍有異議者，退之輒有「世間羣兒愚，安用故謗傷」之句，然則詩豈必以遲速論哉？（頁五五四—五五五）

根據第一條資料，可知李東陽認爲李白和杜甫之爲唐代最優秀的詩人，已是無可置疑的事實；在李、杜以外，能稱得上「大家」的，只有孟浩然、王維二人。在李東陽的詩論系統中，並沒有像高棅一樣分別「正宗」與「大家」❼，在這裏，「大家」只有「品列最高的詩人」之意。從第二條資料所見，李東陽固然有自我吹噓之嫌（這也是詩話作者的慣見技倆；換個角度看，由此又可見他們的絕對信心），但「以聲論詩」確是他的詩論的重要特色；只是他說來頗見玄妙，而且充滿神秘感❽，比方說「宮聲」或「角聲」之詩，究竟實指甚麼，我們實在不易理解

---

❼ 見高棅《唐詩品彙》（上海：上海古籍出版社，一九八二影印明汪宗尼校訂本），尤其〈凡例〉，頁一下——頁二上。由於在《唐詩品彙》之內，杜甫各體詩（除絕句外）都被列爲「大家」，而李白詩則與其他重要詩人的作品被列爲「正宗」，因此不少論者都認爲高棅尊崇李詩多於杜詩；參朱東潤《中國文學批評史大綱》（上海：上海古籍出版社，一九八三新一版），頁一九〇；復旦大學中文系《中國文學批評史》（上海：上海古籍出版社，一九七九——八五），中册，頁二四五。筆者認爲高棅這個分劃最重要的意義不在「優劣李杜」，而是提出杜詩與盛唐大家詩之間的區別，這一點對理解詩史的發展是很有意義的。李東陽也有類似的主張，詳後。

❽ 李東陽自稱每當談到詩歌聲律時，門人輩都怪責他說：「莫太洩漏天機！」（頁五三三）他又說：「古詩歌之聲調節奏，不傳久矣。」（頁五三七）似乎詩歌的聲律是他和少數專家才能掌握的一些神秘的竅門。

❾，不過，我們可以肯定：李東陽也認為李白、杜甫的詩同屬「宮聲」，是最優秀的。

第三條資料也是說李、杜詩高不可攀。其他詩人的作品，後世可以依題和韻，獨李杜詩難以強和。可見李東陽眼中的李白和杜甫，已是詩史的超然人物❿。

第四條資料討論「山林詩」與「臺閣詩」的異同。所謂「山林詩」是指「隱逸恬澹之詩」，「臺閣詩」則指「朝庭典則之詩」⓫，特別關注「山林」、「臺閣」之別也是李東陽詩論的一項特色，其中明顯的有重「臺閣」、輕「山林」之意；由此可見他未脫臺閣詩風的影響⓬。據他的

---

❾ 方孝岳和《中國歷代文論選》都嘗試作過一些解釋，如引《周禮》〈大司樂〉鄭注說：「凡五聲宮之所生，濁者為角，清者為徵羽，……商，堅剛也。」又引《漢書》〈律歷志〉說：「宮者，居中央，暢四方。」引《宋書》〈樂志〉說：「宮聲正不倍，故曰正聲。」「宮聲正方而好義，角聲堅齊而率禮。」見方孝岳《中國文學批評》（臺北：清流出版社，一九七五年翻印一九三四年本），頁一〇九；郭紹虞主編《中國歷代文論選》（上海：上海古籍出版社，一九八〇），第三册，頁三一。看完這些解釋我們未必能明白李東陽究竟以宮、商、角、徵、羽的音樂性質來討論聲律，還是以「正方而好義」等比喻之說比附李、杜詩，另外韓詩何以是「角聲」也不易講清楚。

❿ 李東陽說：「若非集大成手，雖欲學李、杜，亦不免不如稊稗之誚。」（頁五六〇）又提醒讀者，在基礎未牢固時不要學杜甫詩（詳後）；都是這個意思。

⓫ 李東陽說：「至于朝廷典則之詩，謂之臺閣氣；隱逸恬澹之詩，謂之山林氣。此二氣者，必有其一，卻不可少。」（頁五四五）

⓬ 中國詩話的其中一個傳統是喜富貴而厭寒酸，參魏慶之《詩人玉屑》（上海：上海古籍出版社，一九七八），頁二二三——二二五；其中羅列了不少這一類的宋人言論。李東陽既然身居臺閣，他的言論亦難免有這樣的色彩，《詩話》中如「貧詩易，富詩難；賤詩易，貴詩難。非詩之難，詩之工者為難也」（頁五五五）等語，都可以反映他的心態。

見解，李杜之才，可兼兩類型詩風之妙，而沒有一般人易沾的毛病。

第五條資料通過李白和杜甫創作方法的比較——一是「信筆而就」，一是細意推敲⑬。——李東陽表示二者之詩的價値和地位都一樣，「莫可軒輊」，更搬出韓愈〈調張籍〉的詩句，指出將二人強分高下是愚昧的行爲⑭。由此看來，「揚李抑杜」的說法，並不適用於李東陽的詩論⑮。

不過，若果我們再翻閱《懷麓堂詩話》一遍，卻會發現到一個奇怪的現象：全卷竟無一條詩話專門討論李白，凡李白之名出現的地方，幾乎都是與杜甫並論的⑯。反之，杜甫的討論專條卻非常之多。可以說，《懷麓堂詩話》中佔討論文字最多的詩家，就是杜甫。我們不必推測李東陽

---

⑬ 李東陽所謂「手稿有改定字」，可參《漫叟詩話》（不知撰人）：「『桃花細逐楊花落，黃鳥時兼白鳥飛』，李商老云：嘗見徐師川說一士大夫家有老杜墨迹，其初云：桃花欲共楊花語，自以淡墨改三字，乃知古人詩不厭改也。」載郭紹虞《宋詩話輯佚》（北京：中華書局，一九八〇），頁三五五。又：《詩話》中還有一段論「遲速」的文字，也是說不必斤斤計較寫詩的速度：「『巧遲不如拙速』，此但爲副急者道。若爲後世計，則惟工拙好惡是論，卷帙中豈復有遲速之迹可指摘哉！對客揮毫之作，固閉門覓句者之不若也。嘗有人言：『作詩不必忙，忙得一首後，剩有工夫，不過亦是作詩耳，更有何事？』此語最切。」（頁五六一）

⑭ 韓愈〈調張籍〉開首六句——「李杜文章在，光焰萬丈長。不知羣兒愚，那用故謗傷？蚍蜉撼大樹，可笑不自量。」——經常被稱引來諷刺那些「優劣李杜」的人。

⑮ 《文後稿，春雨堂稿序》亦說：「近代之詩，李、杜爲極。」（頁三七）將二人詩並列爲極峰。

⑯ 全卷只有論「詩奚必以律爲哉」一條；舉出《孟浩然集》、《孟東野集》，與《李太白集》並論，說明律詩少「亦足以名天下」（頁五五四），可算是唯一不與杜甫並論的例外。

是否「陰貶李白」⑰；如果就當時詩壇的風習來說，杜甫確是個熱門的話題，以杜甫詩爲師法模擬的對象，是一個相當普遍的現象，《懷麓堂詩話》中就提過：「袁凱《在野集》專學杜」（頁五三四）、「楊文貞公（楊士奇）亦學杜詩」（頁五四六）等⑱。而李東陽對其中一些生吞活剝的學杜方法，是極不同意，甚至引以爲憂的，他說：

世人學杜，未得其雄健，而已失之粗率；未得其深厚，而已失之臃腫。（頁五四二）

此外，袁凱學杜又被他評爲：

不但字面句法，幷其題目亦效之。開卷驟視，宛若舊本；然細味之，求其流出肺腑，卓爾有立者，指不能一再屈也。（頁五三四）

當然他也不是全然反對學杜，只不過他認爲要先做好基礎工夫，譬如說：學古詩長篇，就要注意「不先得唐調，未可遽爲杜學」。（頁五三三）

---

⑰ 事實上李東陽的《文前稿》中有〈再贈（彭民望）三首，用前韵〉，第一首說：「吾愛李太白，金鑾供奉回。……明月千載恨，謫仙千古才。」（頁一三一）另外還有絕句〈李太白〉（頁四三五）和《雜記・南行稿》的〈采石登謫仙樓〉（頁六二九）等詠懷李白的詩歌，尤其後者，更見李氏對太白的景仰。

⑱ 這一點或者可以用胡應麟的話來解釋：「李、杜二家，其才本無優劣，但工部體裁明密，有法可尋；青蓮興會標舉，非學可至。又唐人特長近體，青蓮缺焉，故詩流習杜者眾也。」見《詩藪》（上海：上海古籍出版社，一九七九），外編卷四，頁一九〇。

二、杜詩的創新

杜甫本爲唐代人，依嚴羽以來逐漸成定論的四唐分期⑲，他正是盛唐詩人。但李東陽在討論杜詩時卻將他拔出於盛唐詩人之列，例如：

> 長篇中須有節奏，有操，有縱，有正，有變。若平鋪穩布，雖多無益。唐詩類有委曲可喜之處，惟杜子美頓挫起伏，變化不測，可駭可愕，蓋其音響與格律正相稱。回視諸作，皆在下風。（頁五三三）

「唐詩」是一個總名，理論上所有唐代詩人的作品，杜甫詩也不例外，都應該包括在內；若舉以爲一個獨立的單位，則應是指唐代衆多詩作因遵從一些共同的規範而形成的一種風格；在李東陽（或大部份明代的詩論家）心目中，盛唐大家的作品正是這種詩風的具體表現。以長篇古詩來說，杜甫詩比盛唐諸家變化更多，而又能注意到格律音響的配合，風格更多樣化；李東陽對於這種開創的努力，給了肯定的評價。

---

⑲ 參郭紹虞《滄浪詩話校釋》（北京：人民文學出版社，一九八三第二版），《詩體・二》，頁五二——五三，及郭氏釋文，頁六八；張健〈由文藝史的分期談到四唐說的沿革〉，載張健《中國文學散論》（臺北：商務印書館，一九六六），頁九七——一〇二；黃景進《嚴羽及其詩論之研究》（臺北：文史哲出版社，一九八六），頁二四四——二四五；拙著《胡應麟詩論研究》（香港：華風書局，一九八六），頁四一——四六。

在《文前稿》卷二的〈王城山人詩集序〉中，李東陽又將杜甫詩與「盛唐諸人」的詩對舉：

其詩始規倣盛唐諸人，得宛轉流麗之妙；晚獨愛杜少陵，乃盡變其故格，益為清激悲壯之調。(頁二三)

他認為盛唐詩的本色是「宛轉流麗」，而杜甫詩的特色是「清激悲壯」；這是從另一個角度點出杜甫開創了與盛唐不同的風格特色。在《懷麓堂詩話》中，李東陽又從杜甫善用仄聲字這一點說明他的詩句的獨到之處：

詩有純用平側字而自相諧協者。……惟杜子美好用側字，如「有客有客字子美」，七字皆側；「中夜起坐萬感集」，六字側者尤多。「壁色立積鐵」，「業白出石壁」，至五字皆入而不覺其滯。此等雖難學，亦不可不知也。(頁五四四)

五七言古詩仄韻者，上句末字類用平聲。惟杜子美多用仄，如《玉華宮》、《哀江頭》諸作，概亦可見。其音調起伏頓挫，獨為趫健，似別出一格。回視純用平字者，便覺萎弱無生氣。自後則韓退之，蘇子瞻有之，故亦健於諸作。此雖細故末節，蓋舉世歷代而不之覺也。偶一啓鑰，為知音者道之。若用此太多，過於生硬，則又矯枉之失，不可不戒也。(頁五四七)

從以上兩條資料可見李東陽據以評估的基準，就是其他唐代詩人的作品，杜詩比之他們的詩作，可說「別出一格」，由此可知李東陽體認到杜甫開創寫作途徑的努力。不過，他也不忘提醒一些經驗未足的詩人：上一條資料說這種技巧「難學」，下一條資料說「用此太多，過於生硬，則又矯枉之失」，可知不恰當的模仿，反易招失敗。

沿着這個方向去探索，我們可以進一步揭示李東陽的詩史觀念。在一條比較詩畫異同的詩話中，李東陽提出他對詩歌發展的看法：

詩貴不經人道語。自有詩以來，經幾千百人，出幾千萬語，而不能窮；是物之理無窮，而詩之為道亦無窮也。(頁五三二)

他在另一條詩話反對「韓不如柳，蘇不如黃」之論，然後說：

漢魏以前，詩格簡古，世間一切細事長語，皆著不得。其勢必久而漸窮，賴杜詩一出，乃稍為開擴，庶幾可盡天下之情事。韓一衍之，蘇再衍之，於是情與事，無不可盡。而其為格，亦漸粗矣。然非具宏才博學，逢原而泛應，誰與開後學之路哉？(頁五四七)

這兩條相輔相成的詩話，正好解釋了「其勢必久而漸窮」的詩道如何變成「無窮」。第一條資料一開始就表明了李東陽的詩史觀：詩貴乎創新，陳套因襲的詩並不可貴。這種講法近似俄國形式主義（Russian Formalism）的文學史觀，認爲每一時代的文學作品必以新變的面目出現，「陌生化」（defamiliarization）是文學史的推動力。不過俄國形式主義者只囿於文學的內在演化（

immanent evolution) ⑳，而李東陽卻提到詩歌發展的另一基礎——「物理」的無窮變化。

「物」，在傳統詩論中通常與「我」相對，指詩人（「我」）所處身的環境，所面對的種種事物以至人情世態。簡單地說：「物我」相觸而生感興，再寄之言詞就成詩。隨著時間的推移，「物」這個範疇當然變化萬千；但「詩之道」如何可以與「物之道」相呼應呢？如果詩人抱殘守闕，不敢超越前人詩作的框套，則只能反映有限的「物」，表現有限的經驗，如此「詩之道」自會「久而漸窮」。「詩之道」之能「無窮」，實有待一些「大家」在適當的時刻去開拓題材、創新技巧，將詩歌的領域擴濶，使詩歌更恰當的表現不斷新變的「物我」相觸的經驗。杜甫就是這類詩史上的重要關鍵人物：「杜詩一出，乃稍爲開擴，庶幾可盡天下之情事」，杜詩的新題材、新技巧，確實能「開後學之路」。李東陽特別著意討論杜甫，這是最重要的原因。

基於同樣理由，他也很看重韓愈和蘇軾的地位，認爲他們對詩歌發展有大貢獻㉑。後來清初

---

⑳ 「陌生化」原作 "ostranenie"，又譯 "estrangement", "making strange"。有關問題請參閱 Victor Erlich, *Russian Formalism: History-Doctrine*, 2nd edn. (Hague: Mouton, 1965), pp. 176-178; R. H. Stacy, *Defamiliarization in Language and Literature* (Syracuse, N. Y.: Syracuse University Press, 1977); Jurij Striedter, "The Russian Formalist Theory of Literary Evolution", *PTL*, 3(1978), pp. 1-24; Karen Rosenberg, "The Concept of Originality in Formalist Theory", in R. L. Jackson and S. Rudy ed., *Russian Formalism: A Retrospective Glance* (New Haven, Yale Centre for International and Area Studies, 1985), pp. 162-171.

㉑ 又〈文前稿・鏡川先生詩集序〉又特別提到韓愈和蘇軾：「韓昌黎之詩，或譏其爲文；蘇東坡之詩，或亦有不逮古人之嘆。今觀其宏才遠趣，拔時代而超人羣也，惡可不與知者道哉！」（頁一一五）

的重要詩論家葉燮，在所著《原詩》之中也認爲杜甫、韓愈、蘇軾三家，開拓了詩歌的領域；很多學者研究《原詩》時，都特別提及葉燮這個論見，但卻罕有提到李東陽已先有此論㉒。

三、杜詩的優點

李東陽在《懷麓堂詩話》中，還對杜甫詩的優點，作過不少精到的分析，對後人欣賞和評估杜詩提供了重要線索。例如卷內討論〈絕句漫興九首〉說：

> 杜子美〈漫興〉諸絕句，有古〈竹枝〉意，跌宕奇古，超出詩人蹊徑。(頁五三七)

杜甫的絕句，百分之九十五以上是入蜀以後所作，李東陽說其中作品有「古〈竹枝〉意」，後人研究杜甫絕句，就常常引述這句說話，指出杜甫可能受巴蜀〈竹枝〉民歌的影響，所以不依近體聲調，用語質樸渾成，風格與盛唐諸家不同㉓。李東陽也不以盛唐「律絕」的標準去衡量杜甫絕

㉒ 參朱東潤《中國文學批評史大綱》，頁二七七——二七八；敏澤《中國文學理論批評史》(北京：人民文學出版社，一九八一)，頁八六九；黃海章《中國文學批評簡史》增訂本(廣州：廣東人民出版社，一九八一)，頁一八四——一八五；陳惠豐《葉燮詩論研究》(臺灣師範大學碩士論文，一九七七)，頁六五；丁履譔《葉燮的人格與風格》(臺北：成文出版社，一九七八)，頁四；藍華增〈「言志」派和「緣情」派的理論基礎——《原詩》、《滄浪詩話》的比較研究〉，載藍華增《說意境》(昆明：雲南人民出版社，一九八四)，頁七七。

㉓ 參曾緘〈讀杜詩七言絕句散記〉，《文學遺產增刊》，第十三輯(一九六三年九月)，頁一七——三二；馬茂元〈談杜甫七言絕句的特色〉，載《杜甫研究論文集》二輯(北京：中華書局，一九六三)，頁二五九——二六七；夏承燾〈論杜甫入蜀以後的絕句〉，載《杜甫研究論文集》三輯(北京：中華書局，一九六三)，頁一四五——一五一。

句，他的評語是：「跌宕奇古，超出詩人蹊徑」；這是極高的讚語。「詩人蹊徑」是指詩人刻意求工的痕跡，能夠不著痕跡，超出蹊徑，就好比嚴羽所講的「不假悟」、胡應麟所講的「未嘗鍛鍊求合，而神聖工巧，備出天造」了[24]。

李東陽又討論到杜甫的「倒字倒句法」：

詩用倒字倒句法，乃覺勁健。如杜詩「風簾自上鉤」、「風窗展書卷」、「風鶯藏近渚」，「風」字皆倒用。至「風江颯颯亂帆秋」，尤為警策。（頁五五六）

李東陽所引這幾句杜詩，如果用現代日常的語言去解釋，大概會是這樣的：

「風簾自上鉤」——簾子因被風吹而自動捲到簾鉤之上[25]。

「風窗展書卷」——書卷被窗外吹進來的風掀開[26]。

[24] 嚴羽說：「漢魏尚矣，不假悟也。」見《滄浪詩話校釋》，頁一二。胡應麟說：「兩漢之詩，所以冠古絕今，率以得之無意。不惟里巷歌謠匠心信口，即枚、李、張、蔡，未嘗鍛鍊求合，而神聖工巧，備出天造。」見《詩藪》，頁二四。二說都以古詩爲批評對象，指漢（魏）古詩不是詩人刻意雕琢出來，卻又能達到完美的效果；這種寫作方法是傳統詩論家的最高創作理想。參黃景進《嚴羽及其詩論之研究》，頁一七五——一七六；拙著《胡應麟詩論研究》，頁四八——五二。李東陽用「奇古」二字作讚語，也是基於類似的想法。

[25] 杜甫〈月〉詩句。此句除表面意思外，在詩中本套用沈佺期〈月〉詩：「臺前疑掛鏡，簾外自懸鈎」之意，仇注：「彎月掛簷，如鈎上風簾。」見仇兆鰲《杜詩詳註》（北京：中華書局，一九七九），卷一七，頁一四七六。

[26] 杜甫〈水閣朝霽奉簡雲安嚴明府〉詩句。「風窗」諸本皆作「風牀」，李東陽可能因音近而誤記。「牀」指安放器物的架子。全句大概可以譯成：架上的書卷被風掀開。

「風鴛藏近渚」——鴛鴦因避風而藏身於近岸水邊[27]。

「風江颯颯亂帆秋」——秋天江上颯颯的風吹亂了帆船[28]。

所用語言一經掉換，氣氛立見呆滯，詩中的情景坐實，再難喚發聯想，詩意也就蕩然了。因此原詩句確有特殊的魅力；李東陽發覺這是因爲「風」字的特別用法，他稱之爲「倒字」，但他沒有進一步解釋「倒」在那裏，爲甚麼會有「勁健」、「警策」的效果。如果我們暫且放下這個「倒」字，用現代文學理論去解釋，我們一定會覺得這個「風」字的用法與日常的標準語言的用法（無論衡諸唐宋古文抑或現代語文的基準）不同，這種不同就會帶來「突顯」(foregrounding)的效果，使我們細意體味這「風」字的涵義，進一步觸發美感經驗[29]。

李東陽又舉列杜甫〈登高〉的詩句，大力讚揚：

---

[27] 杜甫〈朝雨〉詩句。「鴛」或作「鳶」。下句：「雨燕集深條」，「風」、「雨」互文，指禽鳥藏身水邊、林間以避風雨。

[28] 杜甫〈簡吳郎司法〉詩句。

[29] 「突顯」原作"aktualizace"，爲布拉格學派的重要術語，在文學理論的範疇中，以穆卡洛夫斯基的闡釋最爲著名，見 Jan Mukařovský, "Standard Language and Poetic Language" in Paul L. Garvin trans. and ed., *A Prague School Reader on Esthetics, Literary Structure, and Style* (Washington, D.C.: Georgetown University Press, 1964) pp. 17-30. 參見拙作〈論布拉格學派的一個術語"aktualizace"〉，以及〈文學結構的生成、演化與接受——伏廸契卡的文學史理論〉，均見本書，頁一六七—一七二，一五六—一五七。

「無邊落木蕭蕭下，不盡長江滾滾來。萬里悲秋常作客，百年多病獨登臺」；景是何等景，事是何等事！宋人乃以〈九日藍田崔氏莊〉為律詩絕唱，何耶？(頁五五三—五五四)

他認爲杜甫的律詩之中，〈登高〉比〈九日藍田崔氏莊〉優勝得多，楊萬里等人以爲後者「一篇之中，句句皆奇；一句之中，字字皆奇；古今作者皆難之」㉚，只是未識〈登高〉的寫景用事之妙；言下之意，〈登高〉才是「律詩絕唱」。那首詩是「唐人七律第一」的討論，始見於宋人的詩話，但在明代參與討論的人更多；李東陽似乎是第一個提名〈登高〉的詩論家，可惜他還沒有爲讀者仔細分析〈登高〉的優點。他這個意見後來得到王世貞、胡應麟等支持，經過反覆探討、分析，證明此詩確是「古今七言律第一」㉛。

《懷麓堂詩話》全卷最長的一條詩話，也是討論甫杜詩的：

杜詩清絕如「胡騎中宵堪北走，武陵一曲想南征」；富貴如「旌旗日暖龍蛇動，宮殿風微燕雀高」；高古如「伯仲之間見伊呂，指揮若定失蕭曹」；華麗如「落花游絲白日靜，鳴鳩乳燕青春深」；斬絕如「返照入江翻石壁，歸雲擁樹失山村」；奇怪如「石出倒聽楓葉下，櫓搖背指菊花開」；瀏亮如「楚天不斷四時雨，巫峽長吹萬里風」；委曲如「更為後

㉚ 見楊萬里《誠齋詩話》，收入丁福保編《歷代詩話續編》，頁一三九——一四〇。

㉛ 參拙著《胡應麟詩論研究》，頁一〇五——一〇六；頁二二八——二二九，註⑩②——⑩④；又周勛初〈從「唐人七律第一」之爭看文學觀念的演變〉，《文學評論》，一九八五年，第五期（九月），頁一一八——一二三。

會知何地，忽漫相逢是別筵」；俊逸如「短短桃花臨水岸，輕輕柳絮點人衣」；溫潤如「春水船如天上坐，老年花似霧中看」；感慨如「王侯第宅皆新主，文武衣冠異昔時」；激烈如「五更鼓角聲悲壯，三峽星河影動搖」；蕭散如「信宿漁人還泛泛，清秋燕子故飛飛」；沉著如「艱難苦恨繁霜鬢，潦倒新停濁酒杯」；精煉如「客子入門月皎皎，誰家擣練風凄凄」；慘戚如「三年笛裏關山月，萬國兵前草木風」；忠厚如「周宣漢武今王是，孝子忠臣後代看」；神妙如「織女機絲虛夜月，石鯨鱗甲動秋風」；雄壯如「扶持自是神明力，正直元因造功化」；老辣如「安得仙人九節杖，拄到玉女洗頭盆」。執此以論，杜真可謂集詩家之大成者矣！（頁五六〇—五六一）

由元稹說杜甫「盡得古今之體勢，而兼人人之所獨專」開始，到蘇軾、秦觀時，杜詩「集大成」之說已成型㉜；後世評杜，多數會受到這個說法的影響。李東陽說杜詩包涵了「清絕」、「富貴」、「高古」、「華麗」、「斬絕」、「奇怪」、「瀏亮」、「委曲」、「俊逸」、「溫潤」、「感慨」、「激烈」、「蕭散」、「沉著」、「精鍊」、「慘戚」、「忠厚」、「神妙」、「雄壯」、「老辣」等各類型的風格，並各舉出例證；這種傳統的「摘句爲證」的方法，雖然不能算

㉜《後山詩話》引述蘇軾的話，說：「子美之詩，退之之文，魯公之書，皆集大成者也。」見陳師道《後山詩話》，收入何文煥輯《歷代詩話》（北京：中華書局，一九八一），頁三〇四；秦觀〈韓愈論〉說：「杜子美之於詩，實積衆家之長」，與韓愈之文並爲「集詩文之大成」。轉引自華文軒編《杜甫卷》，上編〈唐宋之部〉（北京：中華書局，一九六五），頁一三八——一三九。

是精細的分析，但起碼為各種風格提供了比較具體的例證；對於「詩話」的特定對象來說，應是「集大成」一說的有效闡釋。

在《懷麓堂詩話》之中，李東陽除了以專條討論杜詩之外，還常常引杜詩和其他詩人的作品並論，以說明他心目中的理想詩作模式。卷中有舉出〈水閣朝霽奉簡雲安嚴明府〉、〈少年行〉〈絕句漫興〉等的詩句，與李白〈山中答俗人〉、王維〈鹿柴〉的詩句同列，作為「淡而愈濃，近而愈遠」的例子㉝。又舉出〈桃竹杖引贈章留後〉和李白的〈遠別離〉為例，說這些樂府詩：

> 皆極其操縱，曷嘗按古人聲調？而和順委曲乃如此。固初學所未到，然學而未至乎是，亦未可與言詩也。（頁五三〇）

李東陽認為寫作樂府詩，不應「泥古詩之成聲，平仄短長，字字句句，摹倣而不敢失」（頁五三〇），李、杜的作品就是不蹈襲古人聲調，而又能成功的例子。

他又舉出杜甫〈白鷹〉詩的起句，與錢起〈湘靈鼓瑟〉的結句，說是：

> 若奏金石以破蟋蟀之鳴，豈易得哉？（頁五三七）

又舉出〈秋興〉、〈諸將〉、〈詠懷古跡〉、〈新婚別〉、〈兵車行〉，和李白的〈遠別離〉、

㉝ 李東陽說：「詩貴意，意貴遠不貴近，貴淡不貴濃。濃而近者易識，淡而遠者難知。如杜子美「鉤簾宿鷺起，丸藥流鶯囀」，「不通姓名粗豪甚，指點銀瓶索酒嘗」，「銜泥點涴琴書內，更接飛蟲打著人」；李太白「桃花流水杳然去，別有天地非人間」；王摩詰「返景入深林，復照青苔上」，皆淡而愈濃，近而愈遠；可與知者道，難與俗人言。」（頁五二九）

〈蜀道難〉等詩爲例，讚爲「盡善盡美」之作，「所謂鳳凰芝草，人人皆以爲瑞，閱數千百年幾千萬人而莫有異議」（頁五三八—五三九）。

由這些論述看來，李東陽對於杜詩的優點，尤其詩藝技巧方面的長處，實在有充份的認識。總括而言，《懷麓堂詩話》雖然不是專研杜詩的系統之作，但卷中對杜甫在詩歌發展過程中的地位，作出考析，又從多個角度去分析杜詩的優點，其中不少意見，對後人的研究更有啟廸之功。本文將有關的資料稍作董理，對於杜甫詩以至明人文學觀念的研究，或者會有一些參考的價值。

胡應麟詩論中「變」與「不變」的探索

——一種復古的詩史觀

甲　序　言

我國正式以「詩史」名義刊行的書籍，只在晚近時期才見出現❶，不過有關詩歌歷史的各種問題，在歷代衆多的詩話當中，卻是常見的話題。有些詩論家深入探討某些時期的特色或其間的承傳關係，有些就過去詩歌的發展作全盤概覽。其中蘊含的詩史觀念，只待我們整理爬梳。

粗略而言，古代詩論家對於詩史的看法，可分兩大類：

一、認爲歷代詩歌各擅場，各極其至，無需強分高下，也不必作綜合整理。例如袁宏道〈敍

---

❶ 黃節在北京大學講述詩史的講義曾在一九二一年排印出版，可能是我國最早以「詩史」命名的著作。參梁容若、黃得時〈重訂中國文學史書目〉，《幼獅學誌》，第六卷，第一期（一九六七年五月），頁一六。

小修詩〉所說：「唯夫代有升降，而法不相沿，各極其變，各窮其趣，所以可貴；原不可以優劣論也。」❷以及錢謙益〈古詩贈新城王貽上〉所說：「千燈咸一先，異曲皆同調；彼哉譏議者，穿穴紛科條。」❸都可劃歸這一大類。

二、認爲詩有隆盛之時，也有衰落之世，其中興替轉移的契機和演變脈絡，都值得審視，甚或作爲當前創作的導引或鑑戒。本文預備討論的，就是這一種意見；而以胡應麟的論見爲討論對象。

胡應麟（一五五一年—一六〇二年）字元瑞，又字明瑞，浙江蘭谿人，是明萬曆間的詩人、學者、批評家。他的《詩藪》凡四編、二十卷，共二十萬言，是詩歌批評的專家論著❹。本文選用他的詩論作爲探討對象，原因有三：

一、他的論述範圍很廣：《詩藪》外編六卷就以時代先後爲序，由周、漢詩一直論到元詩；續編二卷則論明詩；再加上雜編討論北魏、北齊、北周、五代十國、南宋、遼、金等時期詩的專卷，一部完整詩史所應涉及的範圍都已包融在內。

二、涵蓋每一段詩歌發展的過程是他有意識的行爲，他說過：「要以全舉宇宙之詩，則言兩

---

❷ 袁宏道著、錢伯城箋校《袁宏道集箋校》（上海：上海古籍出版社，一九八一），卷四，頁一八八。
❸ 錢謙益《牧齋有學集》（《四部叢刊》本），卷十一，頁十上。
❹ 本文所據係王國安點校、上海古籍出版社一九七九年新版本。

漢不得含六朝，言三唐不得含五代，言宋、元不得置遼、金。……余束髮治詩，上距成周，下迄蒙古，備矣。」（雜：五：三二五）⑤「全舉宇宙之詩」是他的目標，這目標也在《詩藪》中達致了。

三、胡應麟是明代復古主義詩派的後勁；這一派最重視整理和評價古代的詩歌遺產。胡應麟以後出轉精的關係，更能將這一類詩論的零碎觀念融合成自己的系統，所以最值得討論。

乙　變的認識

文學在不同時代往往呈現不同的風貌，這就是說其間有一段「變」的歷程。換一個角度來說，一切變化必須經歷一段時間，並在這段時間的前後出現了一些不同的現象。所以時間歷程是變化的一項基本因素。除此以外，變化還涉及三項因素：一、主體：即承受變化歷程的事物；二、起始點：即主體未變前的情況；三、終結點：即變化後的情況。

從胡應麟的一些論述當中，可見到他所理解的詩歌變化情況，例如：

> 周、漢之交，實古今氣運一大際會。周尚文，故「國風」、「雅」、「頌」皆文；……漢尚質，故古詩、樂府多質。（內：一：三）

---

⑤ 即《詩藪》雜編卷五頁三二五，下同此例。

這裏所見的變化主體是詩的一種屬性：文采與質樸的程度；經歷的時間由周到漢；起始點是「文」；終結點是「質」。有關同一主體的另一條詩話，論述的範圍更廣：

文質彬彬，周也。兩漢以質勝，六朝以文勝。魏稍文，所以遜兩漢也；唐稍質，所以過六朝也。（內：一：三）❻

其間變化的大概情況是：文質彬彬（周）→質（漢）→稍文（魏）→文（六朝）→稍質（唐）。類似的各種詩歌變化現象，都是胡應麟所究心注視的。所以說：「變」的認識是胡應麟詩論的一個重點。

另一方面，變化又需要一項促成的力量；而促成文學變化的力量大抵可劃分內在的力量和外在的力量兩類：

一、內在的力量：即發自文學本身的力量，例如文體的演化（詩的齊言化、律化等）、修辭技巧的演進（如詩眼、響字的體認以至運用）、詩歌歷史傳統予後繼詩人的影響（無論其爲正面或反面的影響 influence and counter-influence❼）。

❻ 上一條說周是「文」，這條說周是「文質彬彬」，後來又說漢是「質中有文，文中有質」（參己節引文）；看來胡應麟對「文」、「質」二字的應用，不很嚴謹；不過我們可以肯定，他眼中的周、漢詩，都是佳作，詳後。

❼ 見 George Watson, *The Study of Literature: A New Rationale of Literary History* (New York: Charles Scribner's Sons, 1969), pp. 80-83. 下文論唐詩予宋、元詩的影響，就可視爲此說的例證。這又可與 E. H. Gombrich 的 shift in priorities 一說並參。詳見己節。

二、外在的力量：卽文學以外的各種足以改變文學的因素和動力。

先前引述有關周、漢詩歌變化的一條，就提到一種外在的力量——氣運。按照胡應麟的意思，氣運可使政治風氣習尚改變（使本來「尙文」的周變成「尙質」的漢），從而影響到文學風氣（「國風」、「雅」、「頌」皆文而漢的古詩、樂府多質）。很多時候，他都以氣運一說，去解釋詩歌的演變現象，例如：

元和如劉禹錫，大中如杜牧之，才皆不下盛唐，而其詩迥別。故知氣運使然。（內·五·八二）

中唐淘洗清空，寫送流亮，七言律至是，殆於無可指摘，而體格漸卑，氣運日薄，衰態畢露矣。（內·五·九二）

國初因仍元習，李〔夢陽〕、何〔景明〕一振，此道中興，蓋以人事則鑒戒大備，以天道則氣運方隆。（外·五·二二四）

胡應麟認爲：相對盛唐來說，我國中晚唐的詩歌已走上衰落之途；經歷了宋、元之後，詩道到明代的李、何時再次興盛；其中的關鍵就是氣運的厚或薄。

然而，氣運是甚麼？爲甚麼氣運有這種力量？胡應麟都沒有解釋。大概這是當時人都能接受，都不會懷疑的說法，故此就不曾想過要作闡述。

中國人常講氣運，分言之就是氣數和命運。氣，指一種細微而流動的物質，是宇宙萬物之共同始源❽；氣雖極微，但積聚到一相當的數量，則可以發生一大運動，而此種運動之力量，其大無比，無可遏逆。運是局面的轉動推移❾。氣運既是帶動宇宙演變的一種力量，故所以影響政治人事的興衰，而文學自然也不能例外。

不過氣運是不能見的，到底何時厚？何時薄？根本無從稽查驗證。比方說，胡應麟以爲明代詩盛是因爲氣運轉隆；但今人對明詩的評價卻不太高。那麼，明代的氣運究竟算是厚還是薄？因此，氣運一說，似乎虛玄一點。

除了氣運之外，胡應麟提到的外在力量還有帝王影響力一項：

詩文固係世運，然大概自其創業之君。漢祖〈大風〉雄麗閎遠，〈鴻鵠〉惻愴悲哀。魏武沈深古樸，骨力難侔。唐文綺繪精工，風神獨暢。故漢、魏、唐詩，冠絕古今。宋、元二祖，片語無聞，宜其不競乃爾。（內：二：二三）

唐初惟文皇〈帝京篇〉藻贍精華，最為傑作，視梁、陳神韻少減，而富麗過之。無論大略，

❽ 宇同在討論中國宇宙論中的「氣論」時，引後漢何休《公羊傳》魯隱公元年〈解詁〉云：「元者，氣也。無形以起，有形以分，造起天地，天地之始也。」又引北宋張載《正蒙》〈太和〉云：「太虛不能無氣，氣不能不聚而爲萬物。」見宇同《中國哲學大綱》（香港：龍門書店，一九六八翻印一九五八年初版本），頁六五、六九。

❾ 這是錢穆的說法：見錢穆《中國思想通俗講話》（香港：自印本，一九六二），第四講，〈氣運〉，頁五七——七六。

卽雄才自當驅走一世。然使三百年中，律有餘，古不足，已兆端矣。（內：二：三六—三七）

所謂「上有好者，下有甚焉」；在封建帝王時代，人君的喜好，當然有影響臣下的力量；有些人甚至以擅於某些體製而獲仕。由漢朝至南北朝，貴游文學之盛，確實影響了當時的文學風尚⑩。但這不是唯一的決定因素，並不能以此解釋所有的文風演變現象。而且胡應麟說來更充滿神秘色彩，認爲開國君主個人的詩作成就，是整個朝代文學成就的徵兆。這不能說是因果關係的探究，只是附會成說而已。再看以下一條：

漢稱蘇、李，然武帝，蘇、李儔也。
魏稱曹、劉，然文帝，曹、劉匹也。
唐稱李、杜，然玄宗，李、杜流也。
三君首倡，六子並驅，盛絕千古，非偶然也。（內：二：二三）

爲了突出帝王的重要性，就將漢武帝詩與蘇、李贈別詩相比擬，說唐玄宗與李白、杜甫的成就相當；這樣的比附，也就令人有不倫的感覺。

---

⑩ 所謂「貴游文學」，據王夢鷗的分析，是「包括歷代帝室侯門及其招攬的一夥文人共爲消閑而從事寫作的活動。」由漢至南北朝的貴游文學家使文體走上「辭賦化」的道路。見王夢鷗〈貴游文學與六朝文體的演變〉，《中外文學》，第八卷，第一期（一九七九年六月），頁四——十九；又見王夢鷗〈漢魏六朝文體變遷之一考察〉，《中央研究院歷史語言研究所集刊》，第五十本，第二期（一九七九年六月），頁三八一——四二三，尤其頁三九二——三九七。

總括而言，胡應麟能夠注意到詩歌在時間旅程上的差異現象，意識到詩歌的歷史變化，並嘗試探索其中的原因，只是他所提出的外緣解釋未易令人信服。然而，我們對他也不必深責，因爲外在環境複雜多端，要找出文學演變背後的直接推動力，實在不是件易事。正如韋力克（René Wellek）在〈文學史的沒落〉一文很悲觀的指出：即使我們將所能設想的各種外在的力量分析清楚，也不等於找到眞正的起因（cause）⑪。或者我們應該將注意力放在胡應麟所理解的詩史軌迹和內在推動力之上吧！

丙　變與盛衰

差異由比較中來，將不同時代的文學比較並觀，除了顯現出各時代的特色之外，往往還可以關聯到評價的高下：由此批評家又可以歸納出一些規律性的結論。最簡單明確的兩種論點是：

一、退化史觀：認爲文學是日趨低落的，古人的文學作品一定比今人好；

二、進化史觀：認爲文學因時進化，後代的作品比前代進步優勝⑫。

---

⑪ René Wellek, "The Fall of Literary History," in R. E. Amacher and Victor Lange, ed., *New Perspectives in German Literary Criticism* (Princeton, N. J.: Princeton University Press, 1979). pp. 418-431.

⑫ 現代學者中很少有主張退化論的，但主張進化論的，仍大不乏人。關於這論點的謬誤除下文的交代外，尙可參 René Wellek, "The Concept of Evolution in Literary History", in his *Concepts of Criticism* (New Haven and London: Yale University Press, 1963), pp. 37-53.，陳慧樺〈文學進化論的謬誤〉，見他的《文學創作與神思》（臺北：國家出版社，一九七六），頁九三——一〇三。

很多學者都將胡應麟列爲「文學發展的退化論者」⑬，因爲在《詩藪》中可以找到這樣的幾條：

「三百篇」降而「騷」，「騷」降而漢，漢降而魏，魏降而六朝，六朝降而三唐，詩之格以代降也。（內：一：一）

「國風」、「雅」、「頌」，並列聖經。……楚一變而為「騷」，漢再變而為選，唐三變而為律，體格日卑。（內：一：三）

「格以代降」、「體格日卑」就被視作「退化論」的證據。對於這一點，似乎沒有人作出異議。然而，如果刻意檢拾，或者斷章取義，我們也可以舉出一些看似「進化論」的說法，例如：

黃、虞而上，文字邈矣。聲詩之道，始於周，盛於漢，極於唐。（外：五：二〇六）

由「文字邈」而至「始」，至「盛」，至「極」，就像一系列進展的過程。

很明顯的，如果僅只根據以上幾條詩話來立論，是很有問題的；我們得參看一些照顧面較爲全面的條文：

---

⑬ 例如說胡應麟的主張是「創作上的一代不如一代論，不是用發展的觀點來理解變的」；見郭紹虞、王文生編《中國歷代文論選》（上海：上海古籍出版社，一九七八——八一），第三册，頁二〇九。又例如說胡應麟等人的主張與「文學的發展和歷史的進程背道而馳」，是「典型的反歷史主義的文學『退化論』的觀點」；見敏澤《中國文學理論批評史》（北京：人民出版社，一九八一），頁六八三。很明顯，這些批評都是站在「進化論」的立場而作出的。

中古享國之悠遠，莫過於夏、商、周。近古享國之悠遠，莫過於漢、唐、宋。中古之文，始闢於夏，至商積久而盛徵，至於周而極其盛。近古之文，大盛於漢，至唐盛極而衰兆，至於宋而極其衰。秦，周之餘也，秦極而否，故有焚書之禍。元，宋之閏也，剝極而坤，遂為陽復之機。此古今文運盛衰之大較也。（外：一：一二五）

自「三百篇」以迄於今，詩歌之道，無慮三變：一盛於漢，再盛於唐，又盛於明。典午創變，至於梁、陳極矣，唐人出而聲律大宏。大曆積衰，至於元、宋極矣，明風啓而制作大備。（續：一：三四一）

綜合兩條來看，就可以得出這樣的印象：文學由夏開始，發展到周代就達到一個高峯；接踵而來的秦代卻是一段衰落期；漢代回復盛世，六朝變弱，又成衰世；到唐代再至極盛之期，但中、晚唐已開始沒落；到宋、元又是極衰之期；一直到明代，才再臻盛世。

無論「進化論」或「退化論」都是以直線的觀點看詩的發展：詩不是日益衰落就是日漸進步。但這樣說就一定會碰到實際的難題；例如宋、元詩比唐詩後出，梁、陳詩比唐詩早現，而成就都不及唐詩，所以兩種說法都不能成立。胡應麟的提法卻不採直線發展的觀點，表面看來，他所描述的詩史過程就是一個「盛——衰——盛——衰」的循環圓周：

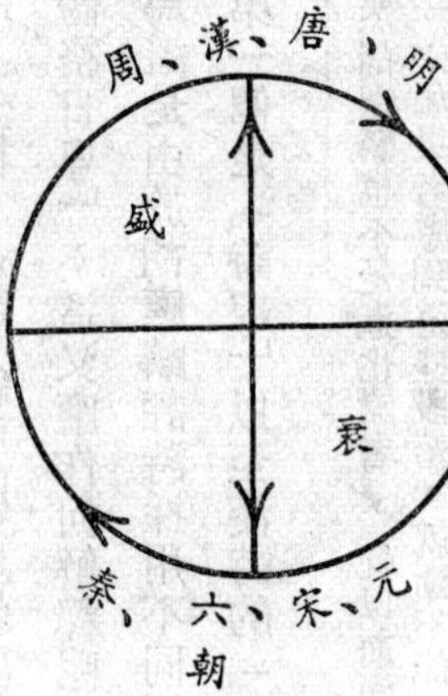

不過，經過細密一點的分析，就會發覺他描述的盛衰循環並非停留在同一點。第一個盛世與第二、三個盛世有不同的歷史地位；前期的衰世與後期的衰世亦負上不同的歷史任務。比方說：漢代的詩是以典樸淳厚的樂府、古詩而成為後世典範；而唐詩則以風華暢茂的律、絕、歌行為詩歌開拓領域；至於明代則以兼包漢、唐而成為盛世。衰世的六朝固然開展了綺靡之風，但亦促進了近體詩的成熟；宋、元則是徘徊於「正道」與「外道」之間的路途上（詳後）。若再以圖表顯示則應如波浪起伏的向前演化：

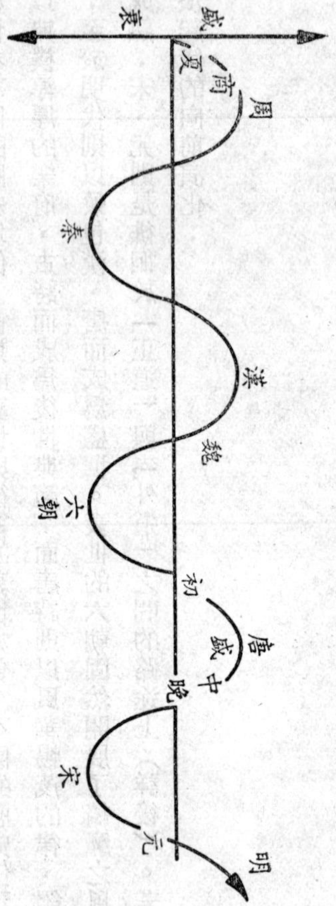

這種觀點，或者可以名爲「波浪式演化觀」。

基於以上分析，我們就可以否定胡應麟是退化論者的說法⓮。但《詩藪》中明說「格以代降」、「體格日卑」；這又應作何解釋呢？

我認爲這是由於胡應麟評詩採用不同標準所引致的。在胡應麟評歷代詩歌時，有兩個不同的基準⓯：第一個是「詩經」以至漢詩的「古質」；其次是唐詩的本色。第一個基準出現在先，有

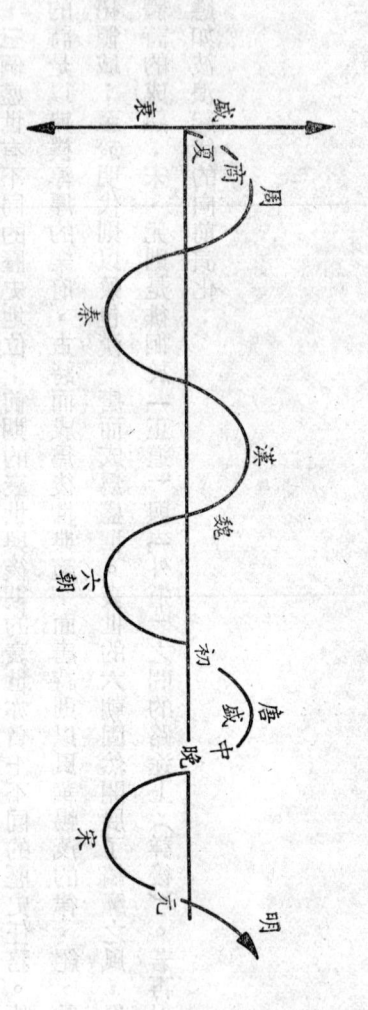

⓮ 當然胡應麟也不是進化論者，就以前面引作「論證」的文字來說，論周至唐卻省略了秦、六朝等「衰世」；如果考慮到這些段落，就斷不能說詩歌在直線進化中。再者，在引文兩句之下，接着就討論宋、元「衰世」，故此說胡應麟是「進化論者」只是斷章取義。

⓯ 基準 norms 指批評家縱觀文學史後選出的一些批評準衡，詳見己節。

時胡應麟就以此來衡量一切後來的詩。以「古質」的標準來衡量唐古詩，得出的結論就是唐古詩水準不及漢詩了：

唐初五言古，殊少佳者。……無論漢、魏，遠却齊、梁。（內：二：三六）

世多謂唐無五言古。篤而論之，才非魏、晉之下，而調雜梁、陳之際，截長絜短，蓋宋、齊之政耳。（內：二：三七）

以「古質」求諸唐律詩，就覺唐律詩刻意爲詩，有意求工，所以有若「俳優」：

今人律則稱唐，古則稱漢，然唐之律遠不若漢之古。（內：二：三四）

詩至於律，已屬俳優，況小詞豔曲乎！（內：二：二三）

胡應麟低貶詞、曲，也是從「古質」著眼。也基於同樣的理由，就會有六朝詩勝唐詩的結論了。其實胡應麟每次批評唐詩都是站在同一立場出發的。

如果胡應麟只採用此一基準，不再考慮詩體的演化增衍及由此而生的新本色的話，他就成了一個食古不化的「退化論者」。但他有客觀的眼光，不會漠視唐詩的成功；對唐及以後詩的大多數評論，他都以唐詩本色爲基準；相對來說，「古質」只是偶然的幾次被採用。因此，我們要就胡應麟的正面理論來判斷：他不是個「退化論者」。

丁 變化的段落：時期本色的認識

根據以上幾節的引文，可知胡應麟在論述詩的演變時，主要採用了朝代的名目，以政治史的段落去比附詩史的段落。其實這種因利乘便的分期方法，不單常見於中國詩論家筆下，據 Wellek and Warren 所稱，早期的英國文學史也有很多是依照英帝國王朝的世代——如 "Elizabeth", "James I", "Charles I"——而分期的⑯。採用這方法，有簡單直接的好處；不過，也有不恰當的地方。因爲政治上的改朝換代與文學的變化過程，雖不能說全無關係，但也不是如此表面直接的平行遞進。除非論者採「極端唯名論」(extreme nominalism) 的觀點，認爲這些標籤（朝代名）純爲方便敍述而設，與標籤名下所包容的文學作品並無相應關係；例如唐代詩歌就是指唐高祖武德元年至哀帝天祐四年（六一八年～九〇七年）其間二百九十年的衆多詩作，而不問其有否共通特點。但這就與文學的演變毫無關連了⑰。

---

⑯ René Wellek and Austin Warren, *Theory of Literature*, 3rd edn. (New York: Harcourt, Brace & World. Inc., 1966), pp. 262-263.

⑰ "Extreme nominalism assumes that period is an arbitrary superimposition on a material which in reality is a continuous directionless flux, and thus leaves us with a chaos of concrete events on the one hand and with purely subjective labels on the other." *Theory of Literature*, p. 262.

到底怎樣劃分才算是文學的分期呢？Wellek and Warren 曾經對「文學時期」(literary period) 一詞下了一個清晰而明確的定義：

一個「時期」是由某一規範、標準、和慣例的系統所支配的一段時間，而這系統的興起、傳播、拓擴、綜合與消失，都是可以追溯的⑱。

根據這個定義，一個「時期」是由兩方面的交滙而決定的：這兩方面是：一、時間；二、規範系統 (system of norms) ⑲。二者就像座標的兩軸般交互制衡⑳。

在胡應麟的詩論中，並沒有直接探討分期準則的文字；但在細讀之下，不難發覺他有極其相

---

⑱ "A period is...a time section dominated by a system of norms, standards, and conventions, whose introduction, spread, diversification, integration, and disappearance can be traced." *Theory of Literature*, p. 265.

⑲ 後來韋力克在 "The Concept of Romanticism in Literary History" 一文又補充說："The term 'norms' is a convenient term for conventions, themes, philosophies, styles, and the like." *Concepts of Criticism*, p. 219. 然而我們要注意的是，這裏所講的 norms 是指在某一時期之內的創作規範，是作家的意識之中的準則；與己節所討論的 norms 是有所分別的。所以本文分別譯作「規範」、「基準」。二者應用範圍有別，但內涵有相同之處，都是指文學作品各層次的一些準則；再者，執著於某個「基準」的批評家，通常都主張創作時要採用與這「基準」相同的創作「規範」。

⑳ Gabriel Lanyi 曾對這個定義作出分析："This definition places the concept of literary period at the intersection of two coordinates: the 'time section', and the 'system of lit erary norms'." Gabriel Lanyi, "Further Thoughts on Literary Periods." *Clio*, Vol. 8, No. 1 (Fall, 1978), p. 15.

似的認識。以下仍依上述兩項目作一分析：

一、時間

正如前文所說：胡應麟還是沿用朝代名目作標籤，主要據朝代的起止作分期斷限，但在實際處理詩史時，他會採用彈性的方法來避免「唯政治論」或「唯名論」的弊端，例如：

(1)在正面討論詩風演變時，略去一些在政治史上存在而在詩史上比較黯淡的時期（參丙節所引），而將它們列入雜篇作補充處理㉑。

(2)不盲從政治朝代的分限，依演化之實際情況作適當的分合，例如將漢之「建安」（漢獻帝年號，一九六年～二一九年）時期從「兩漢」剔出，撥入「魏」時期㉒；又「六朝」之說，不依史家之「吳、東晉、宋、齊、梁、陳」，而改為「晉、宋、齊、梁、陳、隋」。這樣比嚴格遵依政治史的分期，更為適當。當然這種政治史與文學史的不協調現象，以往的學者亦已發覺，並採

㉑ 在雜編處理的朝代有：北魏、北齊、北周、五代十國、南宋、遼、金等；其實除了南宋之外，這幾段時期的詩壇正陷入極低潮，沒有甚麼有份量的詩人，亦沒有高超的作品，比起胡應麟列為「衰世」的宋、元相差還遠。而論南宋的雜編卷五也很龐雜，只應視作論宋詩的外編卷五的補充。至於金代本有大詩家元好問，但胡應麟卻撥入專論元詩的外編卷六之中。

㉒ 例如在討論五言古詩時，他就將「建安」與「黃初」並列，跟「兩漢」之詩對舉。（內：二：二五）

取了變通的方法；胡應麟是沿用他們的成說㉓。

二、規範系統

Wellek and Warren 所說的「規範」(norms) 包括文學的慣例、主題、思想、風格等各方面㉔；其內容涵攝了文學作品的許多個層次。當一個時期之內的大部份文學作品在這些層次都遵從某些準則，一個規範的系統 (a system of norms) 就形成了。在此時期的作家大都依此風尚來創作。當然亦有部份作家採取另一種態度，或企圖衝破這個系統，但因數量上的薄弱，不能成為主流，亦不足以代表此一時期㉕。

㉓ 例如鍾嶸將曹植及建安七子都列作「魏」的詩人，見鍾嶸著、陳慶浩編《鍾嶸詩品集校》(香港：東亞出版中心，一九七八)，頁六八——六九、七三、七九。又如《許彥周詩話》引韓愈〈薦士〉詩兩句：「齊梁及陳隋，衆作等蟬噪」作為「六朝」詩的批評實例；載魏慶之編《詩人玉屑》(上海：上海古籍出版社，一九七八)，頁二七七。

㉔ 參註⑲。又這 "system of norms" 在很多論者筆下都與 "period style" (時期風格) 一詞同義。本文不用 "period style" 一詞是因為 norms 的範圍在 Wellek 的定義裏已包括 style，而《詩藪》中的「風」、「格」等詞，亦包括在下文討論的「本色」一詞之內。不過以下亦會引用一些討論 "period style" 的論文。

㉕ Wellek 為一本文學辭典寫的 "Period in Literature" 就這樣提過："The unity of a period is relative: during this time, a certain system of norms has been realized most fully. Survivals of preceding norms, anticipations of subsequent ones, are inevitable." in Joseph T. Shipley, ed., *Dictionary of World Literature*, revised ed. (Totowa, New Jersey: Littlefield, Adams & Co., 1968), p. 303.

在胡應麟的詩論中，有一個非常重要的術語：「本色」。雖然這個術語不是胡應麟新創的，也不是他用得最多的詞彙[26]，但卻最能透露出他對文學的看法；或者可以這樣說，胡應麟的詩學認識論，是以「本色」爲中心的。

「本色」照字面的意思，就是指本來的色彩[27]。後來引申爲一類事物的特徵；某些事物之所以歸入一類，是因爲他們有共通之處，這些共通點也就是與其他事物識別的特徵。在文學方面來說，一定是有若干作品採用了類同的規範準則，才會有共同的特徵；這就與"system of norms"相若了。

胡應麟在討論詩史與詩體時都有用到這個概念，現在只就詩史方面的意義來討論。請先參閱

---

[26] 「本色」一詞在《詩藪》中共出現二十四次。

[27] 「本色」另外還有「本行」一義，例如唐代曾有〈釐革伎術官制〉的詔令：「量才受職，自有條流，常秩清班，非無差等。比來諸色伎術，因榮得官；及其升遷，改從餘任，遂使器用紕繆，職務乖違，不合《禮經》，事須改轍。自今本色出身，解天文者，進轉官不得過太史令；音樂者，不得過太樂、鼓吹署令……。」見宋敏求編《唐大詔令集》（北京：商務印書館，一九五九），頁五〇五。又《新唐書》有這樣的記載：「有劉習者，以藥術進，詔置醫官；〔柳〕仲郢以爲醫有本色官，若委錢穀，名分不正。」見歐陽修、宋祁《新唐書》（北京：中華書局，一九七五），卷一六三，頁五〇二四。就文學而言，早在《文心雕龍》〈定勢〉已經用「本來的色彩」來比喻每一種文學體裁的特徵，見劉勰著、王利器校箋《文心雕龍校證》（上海：上海古籍出版社，一九八〇），頁二〇一。不過劉勰所用的字眼是「本采」。到宋代《後山詩話》討論詩詞的「本色」，就更爲人熟知了；見何文煥編《歷代詩話》（北京：中華書局，一九八一），頁三〇九。

《詩藪》以下幾條：

「臣罪當誅〔兮〕，天王聖明」〔韓愈〈琴操．拘幽操〉〕，意則美矣，然非商、周本色。（內：一：一二）

其語古質，是東、西京本色，非後人擬作也。（外：一：一三五）

惟杜陵「出塞」樂府有漢、魏風，而唐人本色時露。（內：二：三五）

所謂「商、周本色」、「東、西京本色」、「唐人本色」，是指這些時代的詩歌的外呈現象，有一種共同的特徵。這些特徵並不限於某一方面；反之，在很多方面都顯示出其中有着共同的規範，例如：

⑴見之於修辭用語習套方面的：

「宋人語」（例見外：五：二〇九）；

「六朝語」（例見續：一：三四四）；

「元習」（例見外：五：二一四）。

⑵見之於聲調方面的：

「唐調」（例見內：三：四七）；

「宋調」（例見外：五：二一九）；

「元調」（例見外：六：二四二）；

「六朝聲口」（例見內：三：四五）；

「宋人聲口」（例見外：五：二二七）。

(3)就風格氣象而言的：

「唐風」（例見外：五：二〇九）；

「唐人氣韻」（例見內：四：六二）；

「唐味」（如外：五：二〇七）；

「宋氣」（如內：三：五七）；

「宋格」（例見外：五：二一六）；

「宋人面目」（例見外：五：二三一）；

「元氣」（例見內：二：四〇）。

朝代的稱號本來只有政治史的意義，但胡應麟從文學（詩）的內在要素方面（即「語」、「習」、「調」……等等）去理解這些標籤，對其中政治稱號（名）與文學（實）不相符者，就加以調整，然後靈活運用，以說明詩的變化中的段落，找出每一時期的本色。就變的認識來說，這是從異中見同。大變動中分辨出一組一組的不變分子。

「語」、「習」、「調」、「風」、「格」、「氣」、「味」、「面目」等等，屬詩歌的不同層次，它們合成一個系統，就是"system of norms"，而此即是「本色」。

戊　段落的變化：再細分期與前後期的承接

當詩的歷史被劃分爲一個一個時期之後，很容易帶給人一些錯誤的見解，以爲：一、一個時期之內的風格特色是純一不變的（homogeneous）；二、一個時期與上一期或下一期是截然不同的。但這種靜態（static）的觀點顯然不符實際情況，白瑞棣（Patrick Brady）在研究「時期風格」時就曾經指出，這種觀點犯了「單一的謬誤」（monolithic fallacy）㉘。其實風調習套的轉變絕不會是突然而來的，而一個時期之內的規範系統雖說是相同的，系統之內的組成分子不變，但組合方式或分量卻一直在變動，直到一定的程度才蛻變成另一組的規範系統㉙。

從胡應麟的論述看來，可知他的觀點也不是靜態的，這又可從三方面去分析：

一、他承認每一個時期之內的詩風也有變化：

例如處理唐詩時，考慮到其中的變化，他就沿用自嚴羽至高棅所建立的「四唐說」——即初

㉘ Patrick Brady, "From Traditional Fallacies to Structural Hypotheses: Old and New Conceptions in Period Style Research," *Neophilologus*, Vol. 56 (1972), pp. 1, 3-4. 另 Walter F. Eggers, Jr. 將之分列爲兩個問題討論："the problem of uniform periods" 及 "relationships between periods: the problem of historical continuity and change" 見 Walter F. Eggers, Jr., "The Idea of Literary Periods", *Comparative Literature Studies*, Vol. 17, No. 1 (March, 1980), pp. 5-7.

㉙ 正如前面的「時期」定義中提到：規範系統是會「拓擴」、「綜合」以至「消失」的。

唐、盛唐、中唐、晚唐的四分法[30]。

盛、中、晚，界限斬然。（內：四：五九）

雖初、盛、中、晚，調迥不同，然皆五言獨造。（內：四：五九）

初唐體質濃厚，格調整齊，時有近拙近板處。盛唐氣象渾成，神韻軒舉，時有太實太繁處。中唐淘洗清空，寫送流亮，七言律至是，殆於無可指摘，而體格漸卑，氣運日薄，衰態畢露矣。（內：五：九二）

當然不是這樣分了四期就完全解決了問題，在具體分析某些現象時，或者有需要作更細緻的區分，例如：

唐七言律自杜審言、沈佺期首創工密，至崔顥、李白時出古意，一變也。高、岑、王、李〔頎〕，風格大備，又一變也。杜陵雄深浩蕩，超忽縱橫，又一變也。錢、劉稍為流暢，降而中唐，又一變也。大曆十才子，中唐體備，又一變也。樂天才具泛瀾，夢得骨力豪勁，在中、晚間自為一格，又一變也。張籍、王建略去葩藻，求取情實，漸入晚唐，又一變也。李商隱、杜牧之填塞故實，皮日休、陸龜蒙馳騖新奇，又一變也。許渾、劉滄角獵俳偶，時作拗體，又一變也。至吳融、韓渥〔偓〕香奩脂粉，杜荀鶴、李山甫委巷叢談，

---

[30] 參閱張健〈由文藝史的分期談到四唐說的沿革〉載他的《中國文學散論》（臺北：商務印書館，一九六七），頁九七——一〇二。

否道斯極，唐亦以亡矣。（內：五：八四—八五）

這裏提到唐代七律的演變，共有十一次之多，比起四唐說又精細多了。不過，如果再細分下去，會發現每個作家都有其獨特風格；再甚者，每個作家一生亦可分期（如果留存有相當的作品的話）；但這就變成了個別作家的評論，缺乎文學史的總括概覽的能力了㉛。因此我們也不必作此苛求，只要注意胡應麟對詩史段落的靈活看法。

除了將唐詩細分之外，胡應麟又將這四分法的應用範圍擴大到其他時期：

唐山、韋孟，漢之初也；都尉〔李陵〕、中郎〔蘇武〕，漢之盛也；武仲〔傅毅〕、平子〔張衡〕，漢之中也；蔡琰、酈炎，漢之晚也。（外：一：一三〇）

士衡〔陸機〕諸子，六代之初也；靈運諸子，六代之盛也；玄暉〔謝眺〕諸子，六代之中也；孝穆〔徐陵〕諸子，六代之晚也。（外：二：一四四）

這兩條分別以四分法分列漢與六代詩人；在論宋詩時雖然沒有明確的分列，但仍有應用這套觀念。參考以下三條：

盛宋若梅聖俞，雖學王、岑，晚宋若趙師秀，雖學姚、許，然不無宋調雜之。（外：五：二二〇—二二一）

㉛ 意大利美學家克羅齊（Benedetto Croce）就反對一切分期分體的工作，主張文學史應該是一篇一篇的作家研究報告總集；參 René Wellek, "Benedetto Croce: Literary Critic and Historian", *Comparative Literature*, Vol. 5 (1953). pp. 76-77.

至戴式之〔復古〕、劉克莊輩，又自作一等晚宋，體益下矣。(外・五・二二二)

尤、楊四子，元和體也；徐、趙四靈，大中體也；劉、戴諸人，自為晚宋。(雜・五・三一一—三一七)

能夠彈性的採用再細分期的方法，可知胡應麟也察覺到每一段時期之內的詩歌也是在變動中的。

二、他承認每段時期除主流外還有潛流：

每段時期的規範系統是當時大部份詩作所沿用的，但這只是就大致趨向來說，不能說沒有例外。就算是經過細分的段落，也一樣有些詩作仍保留了過往的風尚，或者開闢了一些與時相異的新結撰，例如：

楊巨源「爐煙添柳重，宮漏出花遲」〔〈春日奉獻聖壽無疆詞〉之六〕，語極精工，而氣復濃厚，置初、盛間，當無可辨。又「岩廊開鳳翼，水殿壓鼇身」〔同上，之四〕，奇麗不減六朝。此君中唐格調最高，神情少減耳。(內・四・七五)

盛唐有偶落晚唐者，如李頎〈盧五舊居〉、岑參〈秋夕讀書〉之類。(內・五・九三)

嘉州〔岑參〕「枕上片時春夢中，行盡江南數千里」〔〈春夢〉〕，盛唐之近晚者。(內・六・一一七)

晚唐句……〔例句略〕皆有盛唐餘韻。(內・四・七五)

在中、晚唐有些作家作品可參入初、盛唐，而盛唐作家亦有作品類似晚唐。由這些例證就可認識到每一時期都不是純一單調的，其中與主流差異甚至相反的現象都會存在，只不過由於數量不多，只能成為潛流而已。

三、他明白到段落與段落之間不是突變的：

前面提到：一個時期的詩，雖在同一規範系統之內，仍不能無變化；每時期都有可能潛存着一些其他時期的詩風。據此，可以推知段落與相鄰的段落是可以銜接的一個流動過程，而不是突然改變的，了無相干的斷截。比方說六代初段的晉，就有不同派別同存：

> 陳思〔曹植〕而下，諸體畢備，門戶漸開。阮籍、左思，尚存其質；陸機、潘岳，首播其華。（內：二：一二三）

同屬晉朝，阮籍、左思可說是漢詩的延續；潘岳、陸機則是六代詩風的前驅。各有不同的歷史意義：

> 故吾嘗以阮、左者，漢、魏之遺，而潘、陸者，六朝之首也，未可以概以晉人也。（外：二：一四六）

當然到後期陸、潘一派的趨向成了主流。在《詩藪》中很多時都有點明各時期之間的傳承關係；例如：

> 齊、梁並倡靡麗之軌，然齊尚有晉、宋風，間作唐短耳。至律、絶諸體，實梁世諸人兆端。（內：六：一〇七）

初唐絕句精巧，猶是六朝餘習。（內：六：一一一—一一二）

中唐五言絕，蘇州〔韋應物〕最古，可繼王、孟。（內：六：一二〇）

晚唐絕「東風不與周郎便，銅雀春深鎖二喬」〔杜牧〈赤壁〉〕，「可憐夜半虛前席，不問蒼生問鬼神」〔李商隱〈賈生〉〕，皆宋人議論之祖。（內：六：一二二）

六朝詩與初唐詩相銜接、中唐仍有盛唐餘風、晚唐詩開啓宋詩新規範；種種分析，可見胡應麟沒有把詩史分割成不能相通的段落；這又是基於他對詩史有動態的（dynamic）認識，看到詩在歷史旅程中不停地變化這一規律。

己　秩序的建立：以基準為中心的探源溯流

既然以上幾節闡明了胡應麟以變爲文學（詩）史的規律這一認識，我們就可以進一步追問，在他的了解中這些變化是無意識的、無方向的流動（directionless flux）呢？還是有意識的、有準則的變動呢？本節準備從批評基準的討論入手，去揭示胡應麟的主張。

實際上，每當要對事物作出評論時，無論我們自以爲如何堅抱客觀公正的態度，都一定採納了某些基準（norms），例如說某詩「奇崛」或者「流麗」，心底裏就會自覺的或不自覺的以一些「平正」、「典實」的詩作爲根據。正如宮比力克（E. H. Gombrich）所說，西方批評家在評估文藝風格時，總會以古典作品的風格爲基準；以文藝風格分期時所採用的標籤，如“Gothic”、 “baroque”、“rococo”等，其原意都是指在某些方面偏離了古典風格㉜。可想而知基準的重要地位。我們考核一位批評家的業績時，也就不必審問他是否心存成見，而應該查考他所採納的基準究竟有何根據？於個別批評時是否都能貫徹主張？有些批評家並無一貫立場，只求立異標新，隨意褒貶；雖或能令人一時目炫心惑，細考之只屬斷帛裂錦，並無完善體系。

就如宮比力克之說，西方古典作品之所以成爲批評家的基準是因爲這些作品代表了「完美的均衡」(perfect equilibrium)㉝，胡應麟所選用的基準也有其一定的根據。在他的詩論中，明顯的存在着兩項基準：漢詩與唐詩。他眼中的漢詩也可說是「完美的均衡」，因爲他說：

> 無意於工而無不工者，漢之詩也。(內：二：二二)
>
> 漢人詩，質中有文，文中有質，渾然天成，絕無痕跡，所以冠絕古今。(內：二：二二)
>
> 古詩自質，然甚文；自直，然甚厚。(內：二：二五)

漢詩於「文」、「質」之間無所偏重，又能「渾然天成」、「不假雕琢」(內：二：二八)。正適

㉜ 宮比力克指出：“Gothic being increasingly used as a label for the not-yet-classical, the barbaric, and barocco for the no-longer-classical, the degenerate.” 他又說“rococo”與“excesses of irregularity and whimsy”有關，“Romanesque”原意是“corrupted Roman”，二者均是“unclassical”。見 E. H. Gombrich, *Norm and Form: Studies in the Art of the Renaissance*, 3rd edn. (London and New York: Phaidon Press, 1978), pp. 84-85.

㉝ *Norm and Form*, p. 95.

合作爲評核的基準。很多時胡應麟更將漢詩所代表的均衡基準，歸納成一個「古」字。《詩藪》中以古字爲基礎的複合詞非常多，比較常見的是「古意」和「古質」（單以「內編」計算，前者已出現十二次，後者亦不少於九次），其餘如「高古」、「古奧」、「古雅」、「古淡」、「調古」、「蒼古」、「簡古」、「古健」等等，都不難碰上㉞。

然而漢詩以五言爲主，對於後世的律、絕各體，自難規範；於是胡應麟就另立唐詩爲古詩以外的基準。《詩藪》中指明唐詩的優越之處的文字也很多，比較完整的是以下一段：

甚矣，詩之盛於唐也！其體，則三、四、五言，六、七、雜言，樂府、歌行，近體、絕句，靡弗備矣。其格，則高卑、遠近、濃淡、淺深、巨細、精粗、巧拙、強弱，靡弗具矣。其調，則飄逸、渾雄、沈深、博大、綺麗、幽閒、新奇、猥瑣，靡弗詣矣。其人，則帝王、將相、朝士、布衣、童子、婦人、緇流、羽客，靡弗預矣。（外：三：一六三）

唐代從事詩的人物充斥於各個階層，於是爲詩的發展創造了優厚的條件。經過六代的發展，各種詩體、詩風，到此時亦紛紛成熟。唐詩與漢詩相異的地方是在於唐詩的蘊含比較繁茂，不像漢詩那樣純粹，可以用一個「古」字歸納；但唐詩也同樣的接近完美均衡，可以用來衡準後世詩歌。這一點在宋、元詩的對照當中，就見得特別清楚。

㉞ 在實際評論時，胡應麟就直接以「古」爲漢詩的本色，如：「古質不如兩漢」、「古樸眞至，尚有漢風」、「其語古質，是東、西京本色」。（見內：二：三八；外：一：一三四、一三五）

明白到胡應麟的詩論存有這兩個基準，就可以知道他眼中的詩史變化，是有一定的方向的。更準確的說，胡應麟認為詩史的變化歷程就是這兩個基準的偏離或趨迎的過程。

胡應麟對於漢以前的《詩經》、《楚辭》等作品，評價都很高㉟，但他卻以漢詩為論詩的第一個基準，並說：

後世言詩，斷自兩漢宜也。(內：一：三)

可能他覺得漢代開闢成立的詩體於後世的影響較「詩」、「騷」為大吧。

他認為漢詩是「古質」的極則，到建安曹魏時已經「文與質離」(內：二：二二)，「不免巧匠雕鐫」(內：一：一九)了。這個趨勢日益嚴重，「古意」漸漸散失：

漢、魏、晉、宋、齊、梁、陳、隋，八代之階級森如也。……其文日變而盛，而古意日衰；其格日變而新，而前規日遠也。(外：二：一四三——一四四)

但另一方面，六朝詩卻又踏上律化的道路，開展新的風氣：

齊、梁並倡靡麗之軌，然齊尚有晉、宋風，間作唐短耳。至律絕諸體，實梁世諸人兆端。(內：六：一〇七)

㉟ 例如：「詩三百五篇，有一字不文者乎？有一字無法者乎？」(內：一：三)「屈原氏興，以瑰奇浩瀚之才，屬縱橫艱大之運，因牢騷愁怨之感，發沈雄偉博之辭。……文詞鉅麗，體製閎深，興寄超遠，百代而下，才人學士，追之莫逮，取之不窮，史謂爭光日月，詎不信夫！」(內：一：四)

至庾肩吾，風神秀朗，洞合唐規。陰〔鏗〕、何〔遜〕、吳〔均〕、柳〔惲〕，相繼並興。陳、隋徐〔陵〕、薛〔道衡〕諸人，唐初無異矣。（外：二：一五二）

所以六朝詩的發展方向是：一方面偏離第一個基準，同時又奔赴第二個基準，使之漸漸成型。

經過唐代這段絢爛繽紛的時期後，所謂「盛極難繼」，宋、元兩代詩家就採用了不同的策略；胡應麟對這些現象作出檢討說：

蓋宋之失，過於創撰，創撰之內，又失之太深；元之失，過於臨模，臨模之中，又失之太淺。（外：六：二二九）

「創撰」指變化前人的規範；「臨模」指遵從蹈襲前人的規範。能變異創新，其材質大抵比只懂「臨模」的來得高；但材高而用之不當，反爲不美：

宋之遠於詩者，材累之；元之近於詩，亦材使之也。故蹈元之轍，不失為小乘；入宋之門，多流於外道也。（外：六：二二九）

這裏所謂「遠於詩」、「近於詩」，就是指距離唐詩這基準的遠近來說的；胡應麟在提及兩代詩人學杜時，就表明這一點：

宋人學杜，於唐遠；元人學杜，於唐近。（內：二：四〇）

由此可見唐詩作爲衡準的作用㊱。

唐與宋不同，宋又與元不同；然而在這些變化差異之中，胡應麟也看到他們是源出同一基準的。就以宋代來說，正如徐復觀所說：「宋人沒有不學唐詩的」㊲，胡應麟亦有詳細討論宋人的學唐（見外：五：二一五）；不過他們是有意識地取捨、調整唐詩的規範系統；例如學杜甫只看重「骨」、「氣」、「意」（詩的結構、氣勢、意念的宣露），而忽略「肉」、「韻」、「象」（詩的辭采、神韻、意念的象喻）；著重奇險瘦澀，而忽略沈鬱雄麗等（參內：四：六〇，外：五：二一〇、二一四）在宋人來說，這是唐詩的繼承和發揚；但在胡應麟看來，宋人只是發展了唐詩的偏鋒，逐漸遠離正確的基準。

至於元詩，胡應麟認爲正能矯正宋詩偏向，返回正軌，所以經常提到「監戒前車」、「元人力矯宋弊」、「深監蘇〔軾〕、黃〔庭堅〕」等一類說話；（外：六：二三〇、二三一、二三三）又說元詩「步驟稍端」（內：二：三九）、「藩籬稍窺」（外：六：二二九）；只不過還未能完全與盛唐詩看齊而已。（外：六：二三一——二三二、二三七）

㊱ 又參以下一條：「詩之觔骨，猶木之根幹也；肌肉，猶枝葉也；色澤神韻充溢其間，而後詩之美善備。猶木之根幹蒼然，枝葉蔚然，花蕊爛然，而後木之生意完。斯義也，盛唐諸子庶幾近之。宋人專用意而廢詞，若枯枿槁梧，雖根幹屈盤，而絕無暢茂之象。元人專務華而離實，若落花墜蕊，雖紅紫嫣熳，而大都衰謝之風。」（外：五：二〇六）也可以見到唐詩的衡準作用。

㊲ 徐復觀〈宋詩特徵試論〉，《中華文化復興月刊》，第十一卷，第十期（一九七八年十月），頁二七。

由此看來，唐、宋、元詩並非各不相干的對立陣營，而是同一基準之內規範系統的調整；如果借用宮比力克的說話，這就是「著重點的轉移」(shift in priorities)，而不是對立新基準的成立㊳。

胡應麟又認爲明詩繼承元詩的發展方向：

國朝下襲元風，上監宋轍，故虞〔集〕、楊〔載〕、范〔梈〕、趙〔孟頫〕，體法時參；歐〔陽修〕、蘇、黃、陳〔師道〕，軌躅永絕。（內：二：四〇）

而且更進一步，更加深入：

盛唐而後，樂選律絕，種種具備，無復堂奧可闢，門戶可立。是以獻吉〔李夢陽〕崛起成、弘，追師百代；仲默〔何景明〕勃興河、洛，合軌一時。（續：一：三四九）

「追師」就是復古，「合軌」就是合乎古代最理想的軌跡，也就是達到與基準一樣的水平。李、何正式張起復古的旗幟，成爲明代文學的主流。胡應麟對這個主流亦抱認同的態度，甚至以爲明詩已達到「度越元、宋，苞綜漢唐」（內：一：一）的地步。姑勿論他對明詩的評價是否客觀公允，明代的復古主義在他的理論支持下，顯得合理而且是必需的。

在森羅萬象的文學洪流之中，胡應麟以敏銳的目光揭示出兩個基準，而且提出充分的例證去

㊳ 這裏是借用 Gombrich 的說法。他指出新的時期風格並非意味有一個新的、異於古典的基準出現，而只是一種「著重點的轉移」："But what we witness is perhaps less a new anti-classical norm than a shift in priorities." *Norm and Form*, p.97.

說明這兩個基準的優點和重要性；更以這基準作爲不變的中心，去分析詩史變動的過程，披露其流動方向和軌跡，令到本來雜亂紛紜的詩史，在他的洞悉觀照下，顯得秩序井然。另一方面，經過他的細密分析，前代詩歌傳統於後世的影響也歷歷在目；由此我們知道這些往代詩歌不僅是「過去」（past），還有其「過去的現在性」（presentness of the past）；這不但爲文學史的演變提供了內在動力的解釋，而且將文學傳統與文學創作二者的關係串連起來，提醒創作者去熟悉文學的傳統，了解文學的傳統。

附錄

讀新版胡應麟《詩藪》

近年來各出版社陸續刊行了許多種經過校勘整理的古典文評專籍，胡應麟的《詩藪》便是其中之一。

胡應麟（一五五一年—一六〇二年），字元瑞，又字明瑞，號少室山人，浙江蘭谿人。他從小愛讀書，到三十歲時藏書已有四萬多卷；另一方面他又相信詩文乃不朽之業。《詩藪》就是他博覽歷代詩歌之後寫成的詩話。因爲他受王世貞賞識而見重於世，故被視爲「七子派」的末流，《詩藪》亦被視作羽翼《藝苑卮言》的作品。

其實《詩藪》中的理論，固然有與王世貞相同之處，但絕不被《卮言》所規限。就全書的體系來說，不僅比《卮言》爲完善周詳，且是自宋以來著述體系最好的詩話。全書二十卷：「內編六卷，分論古、近體詩；外編六卷，歷評周、漢、六朝、唐、宋、元各代詩歌；雜編六卷，主要談亡佚篇章、載籍，以及三國、五代、南宋和金代詩；續編二卷，係論明洪武至嘉靖年間的作品。」（《詩藪》〈出版說明〉）縱橫剖析，可說是一部詩史；就全書所涵蓋的時代而論，比現行的文學史或詩史更爲具體，有更多的例證。在文學理論方面，《詩藪》的特色也不少，現在筆者只簡略的提出幾點：

一、內篇分別論述三四五言古詩、歌行、樂府、五七言律絕等各種體裁，分析每種體裁的不同風格、歷史淵源及其變化，是中國古代文類批評的重要著述。

二、嚴羽《滄浪詩話》論盛唐詩的妙處是「透徹玲瓏，不可湊泊，如空中之音，相中之色，水中之月，鏡中之象。」錢鍾書《談藝錄》就指摘其忽視文字，提出「詩自是文字之妙，非言無以寓言外之意」，「必有此水而後月可印潭，有此鏡而後花可映面」。《詩藪》在論及同一個意象時，就能夠補充《滄浪》的缺漏：「譬則鏡花水月，體格聲調，水與鏡也；興象風神，月與花也。必水澄鏡朗，然後花月宛然。詎容昏鑑濁流，求覩二者？」能夠從語言的層面去探討。這種認識，與現代文學理論的趨向是相同的。

三、在繼承和發揮前人理論方面，《詩藪》亦有重要的貢獻，例如嚴羽講的「悟」，李夢陽講的「法」，都有進一步的探討。胡應麟又以「風神」、「神韻」論詩，影響到清朝王士禎的詩論，朱東潤在〈王士禎詩論述略〉一文就指出：「神韻三昧之論，幾可執《詩藪》內外編求之。」

此外，其中的文學史觀、創作論等等，都很值得我們去研究。當然此書亦有其缺失，例如標榜「正宗」以致低貶了一些「偏格」的詩人，（如李賀、李商隱得到的評價便很低。）輕視詞曲，對明代的詩歌評價過高等。但「瑕不掩瑜」，它仍然值得我們細心閱讀。

這次上海古籍出版社的本子，是由王國安根據中華書局六二年版，校以萬曆十八年原刊本殘卷和朝鮮舊刊本，並加新式標點而成。可惜沒有附上校記，但比對之下，(筆者手邊的是中華書局五八年版的翻印本、中華本的底本廣雅書局光緒廿二年本，以及臺灣廣文書局影印的崇禎五年刊本)可見其中下了不少功夫：

一、廣雅本對而中華本譌誤的，如中華本「雲停」應作「停雲」，「互千載」應作「亙千載」，「人之事工拙」應作「人事之工拙」，「興王孟」應作「與王孟」等，古籍本在頁二一、頁四二、頁五五、頁六九都得到更正。

二、廣雅本錯而中華本沿誤的，如中華本「亦法二章」據崇禎本應作「亦法二韋」，「顧況桑婦」應作「顧況棄婦」，亦在古籍本頁九、頁三八改正。又廣雅本中華本在內篇卷一都把漢高祖的〈鴻鵠歌〉誤作〈黄鵠歌〉，(這是漢昭帝所作的。)古籍本都加以更正，只漏了頁一四的一個，據崇禎本這個詞仍作〈鴻鵠〉。又中華本「貫穿覙覼」在廣雅本崇禎本都一樣，古籍本頁六九改作「貫穿覼縷」。據文義看來，作「覼縷」是合理的。

但古籍本仍有個別地方值得商榷，例如頁七引〈天門〉詩的「日華耀，以宣朗。」(中華本廣雅本同)據崇禎本下句應作「以宣明」，校以中華書局版的《全漢三國晉南北朝詩》亦作「明」，頁八「傅毅勵志詩」，(中華本廣雅本作「傅毅厲志詩」)崇禎本作「傅毅廸志詩」，當以崇禎本爲是。

三、中華本雖說經過標點，但符號只用「。」「、」，而且漏點錯點的地方也有好幾處；古籍本改用新式的標點，其中包括了專名號、引號等，對理解文義方面很有幫助，原來錯誤的地方亦予以更正，例如「唐律惟開元、天寶、元、白而後。」（中華本頁三二）改成「唐律惟開元、天寶；元、白而後，」並加專名號（古籍本頁三四），「右丞韻度過之。而典重不如少陵。閎大有加。」（頁七三）改成「右丞韻度過之，而典重不如；少陵閎大有加，」並加專名號（頁七六），「皆迴不倅君釆。用脩舍此取彼何耶。」（頁七五）改成「皆迴不倅。君釆、用修舍此取彼，何耶？」並加專名號（頁七七）。

但個別錯誤的地方仍然存在，例如頁四八（古籍本）崔顥的歌行＜渭城、少年＞（加書名號）應作＜渭城少年＞（加書名號），又頁五九「盛唐句，如『海日生殘夜，江春入舊年』；中唐句，如『風兼殘雪起，河帶斷冰流』；」兩個分號都應作逗號。此外，適當的運用刪節號，對查核原文會有很大幫助，例如頁一一引曹植《善哉行》「自惜袖短，內手知寒」以下應加刪節號，頁二七「去者日以疏，來者日以親」以下應加刪節號。

以上舉出的地方，希望在本書再版時加以考慮。

文學結構的生成、演化與接受

——伏廸契卡的文學史理論

一、捷克結構主義

比利時學者布洛克曼（Jan M. Broekman）在一九七一年出版的《結構主義：莫斯科—布拉格—巴黎》一書❶，正好為本世紀以來最具影響力的文學思潮劃出一條航線。「莫斯科」代表由莫斯科語言學會（Moscow Linguistic Circle）及列寧格勒的詩語言研究學會（Society for the Study of Poetic Language, 簡稱 Opajaz）所發展出來的「俄國形式主義」。到了二十年代末期，這個充滿生機的學派還未茁壯成長，就因政治壓制而偃旗息鼓。一九二〇年七月形式主義學派的領袖之一雅克愼（Roman Jakobson）移居捷克布拉格，並開始發表一些討論捷克詩歌的

❶ Jan M. Broekman, *Strukturalismus: Moskau-Prag-Paris* (Freiburg: Verlag Karl Aller, 1971)。有李幼蒸中譯，《結構主義：莫斯科—布拉格—巴黎》（北京：商務印書館，一九八〇）。

論文，與當地學者互通聲氣。一九二六年十月六日雅克愼聯同馬提依斯 (Vilém Mathesius)、赫弗拉奈克 (Bohuslav Havránek) 等組成的布拉格語言學會 (Prague Linguistic Circle) 正式成立。在這裏俄國形式主義經過接枝移植，再加上土壤氣候的不同，就長成另一新品種——捷克結構主義（或稱功能結構主義 functional structuralism）❷。到四十年代這個文學運動又遭逢俄

---

❷ 俄國形式主義與捷克結構主義當然有很密切的關係，馬提依斯和穆卡洛夫斯基都分別表示過布拉格學派受俄國學者影響很大。參見 Ladislav Matejka, ed., *Sound, Sign and Meaning: Quinguagenary of the Prague Linguistic Circle* (Ann Anbor: University of Michigan, 1978), "Preface", p. xii; D.W. Fokkema and Elrud Kunne-Ibsch, *Theories of Literature in the Twentieh Century* (London: C. Hutst & Co., 1977), p. 31. 然而捷克結構主義所承受的影響還有本土在十九世紀出現的象徵主義和形式主義、德國和波蘭的哲學思潮等。參 Oleg Sus, "On the Genetic Preconditions of Czech Structuralist Semiology and Semantics: An Essay on Czech and German Thought", *Poetics* 4 (1972), pp. 28-54, and "From the Pre-history of Czech Structuralism: F.X. Šalda, T. G. Masaryk and the Genesis of Symbolist Aesthetics and Poetics in Bohemia", in P. Steiner, M. Červenka and R. Vroon ed., *The Structure of the Literary Process* (Amsterdam: John Benjamins Pub. Co., 1982), pp. 547-80; Lâszló Sziklay, "The Prague School", in Lajos Nyirö ed., *Literature and its Interpretation* (The Hague: Mouton, 1979), pp. 79-81; Elmar Holenstein, "Prague Structuralism-A Branch of the Phenomenological Movement", in John Odmark ed., *Language, Literature and Meaning I: Problems of Literary Theory* (Amsterdam: John Benjamins, 1979), pp. 71-97. 有關俄國形式主義與捷克結構主義的差異可參 Peter Steiner, "The Roots of Structuralists Esthetics", in P. Steiner ed., *The Prague School: Selected Writings, 1929-1946* (Austin: University of Texas Press, 1982), pp. 174-219.

國形式主義的同一命運，先後備受戰亂和政治的壓逼而告瓦解。這兩個學派消沉了好一段時間；在本土固然被「刻意的」遺忘，在國外亦得不到應有的重視。例如，布拉格學會的晚輩成員韋力克 (René Wellek) 去到美國之後，就曾多番推介兩個學派的文學理論❸，一九五五年埃利希（Victor Erlich）又寫成《俄國形式主義的歷史及其學說》一書❹，可惜都不曾喚起公眾的注意。

---

❸ René Wellek, "The Revolt Against Positivism in Recent European Literary Scholarship", in W. S. Knickerbocker ed., *Twentieth Century English* (New York: Philosophical Library, 1946), pp. 67-89; reprinted in S.G. Nichols ed. *Concepts of Criticism* (New Haven: Yale University Press, 1963), pp. 256-81; "Literary History", in Norman Foerster ed., *Literary Scholarship: Its Aims and Methods* (Chapel Hill University of North Carolina Press, 194), pp. 91-103, 226-29, 239-55; *Theory of Literature* (New York: Harcourt, Brace & Co., 1949, 3rd edn., 1966), eg, pp. 241-42, 266-67; "The Concept of Evolution in Literary History", in *For Roman Jakobson* (The Hague: Mouton, 1956), pp. 653-61; reprinted in *Concepts of Criticism*, pp. 37-53. 另外 Paul L. Garvin 在一九五五年亦有譯介布拉格學派的理論，但現在的通行本則在一九六四年出版：*A Prague School Reader on Esthetics, Literary Structure, and Style* (Washington, D. C.: Georgetown University Press, 1964). 原書有韋力克的書評，載 *Language*, Vol. 31 (1955), pp. 584-87. 此書對語言學及語體學(stylistics)的影響較大。而語言學界對布拉格學派的體認又較文學界爲早，尤其 Josef Vachek 所編所寫的兩本書：*A Prague School Reader in Linguistics* (Bloomington: Indiana University Press, 1964), *The Linguistic School of Prague: An Introduction to Its Theory and Practice* (Bloomington: Indiana University Press, 1966)，在語言學界就很有地位。

❹ Victor Erlich, *Russian Formalism: History-Doctrine* (The Hague: Mouton, 1955; 2nd edn., 1965).

直到一九六五年托多洛夫（Tzvetan Todorov）在巴黎出版了俄國形式主義論文的法譯本《文學的理論》❺，造成一時的轟動，這個學派的思想才再度被體認，而且與法國本土的結構主義思想滙成洪流，在西方學界造成極大的影響。及後經韋力克等人的再度鼓吹，布拉格學派的理論先後得到譯介。以單行書册形式出現的英文著作包括韋力克的《布拉格學派的文學理論與美學理論》（一九六九年）、馬帖雅及廸徒尼克合編的《藝術符號學：布拉格學派的貢獻》（一九七六年）、馬帖雅編的《聲音、符號與意義——布拉格語言學會五十周年紀念論文集》（一九七八年）、史丹拿編的《布拉格學派：一九二九年至一九四六年文選》（一九八二年）、史丹拿、撤爾文卡及浮隆合編的《文學過程的結構》（一九八二年）❻；至於穆卡洛夫斯基（Jan Mukařovský，學派中的文學理論宗師）的著作除了爲蘇英諾譯出的《作爲社會事實的審美功能、基準和價值》（一九七〇年）之外，還有史丹拿及布爾班克編譯的兩本穆氏選集：《詞語和語言藝術》（一九七

---

❺ Tzvetan Todorov ed., *Théorie de la littérature: Textes des formalistes russes* (Paris: Editions de Seuil, 1965).

❻ René Wellek, *The Literary Theory and Aesthetics of the Prague School* (Ann Arbor: University of Michigan, 1969); Ladislav Matejka and I.R. Titunik ed., *Semiotics of Art: Prague School Contributions* (Cambridge, Mass: MIT Press, 1976).另外 L. Matejka, P. Steiner 以及 Steiner, Cervenka and Vroon 等編的文集請參註❷。

七年）、《結構、符號與功能》（一九七八年）❼。其他單篇的研究論文，更不在少數。

在中文著述方面，結構主義文學理論的介紹大概始於七十年代❽，不過介紹的範圍主要環繞法國結構主義及以後的發展，即或提及捷克結構主義，亦僅以片言隻語帶過。正面討論的僅有陳冠中的《馬克思主義與文學批評》及張隆溪的〈藝術旗幟上的顏色——俄國形式主義與捷克結構主義〉❾，但都只是非常概略的介紹。比較詳細的討論，還得求諸外文著作的中譯：文首提及布洛克曼之書，就有李幼蒸的中譯，於一九八〇年出版，其中第三章專門討論捷克結構主義❿；另

---

❼ Mark E. Suino trans., *Aesthetic Function, Norm and Value As Social Facts* (Ann Arbor: University of Michigan, 1970); John Burbank and Peter Steiner trans. and ed., *The Word and Verbal Art: Selected Essays by Jan Mukařovský* (New Haven: Yale University Press, 1977); *Structure, Sign, and Function: Selected Essays by Jan Mukařovský* (New Haven: Yale University Press, 1978) 又德語界對布拉格學派的承納似乎比英語界更爲積極，如 Hans Robert Jauss 在一九七〇年出版的 *Literaturgeschichte als Provokation* (Munich: Fink, 1970) 就已經多番稱引布拉格學派中人尤其伏迦契卡的意見；他領導的康斯坦茨學派 (Konstanz School) 的「接受美學」思潮與伏迦契卡的理論有不可解斷的血緣關係。另外伏迦契卡的重要論文亦有德文專譯本：Frank Boldt ed., *Die Struktur der literarischen Entwicklung* (Munich: Fink, 1976), 書前有 Jurij Striedter 的詳盡而深入的序言。

❽ 參鄭樹森〈結構主義中文資料目錄〉，收入周英雄、鄭樹森編《結構主義的理論與實踐》（臺北：黎明文化事業公司，一九八〇），頁二〇七—二一三。

❾ 陳冠中《馬克思主義與文學批評》（香港：自印本，一九八二），頁一二五—一二八；張隆溪〈藝術旗幟上的顏色——俄國形式主義與捷克結構主義〉，《讀書》，一九八五年八月號，頁八四—九三。

❿ 《結構主義》，頁六二—九二。

外佛克馬與蟻布思合著的《二十世紀文學理論》第二章第二節專論捷克結構主義，另外第五章又介紹布拉格學派與德國接受理論（reception theory）的關係，全書已由香港中文大學比較文學研究組譯出，於一九八五年出版⑪。而本文要介紹的人物伏廸契卡，更只見於《二十世紀文學理論》一書，其他中文著作都未有顧及。

其實，今天的文學理論或觀念已經非常繁多；雜說紛陳，難爲應接。不少人認爲法國結構主義「已至荼蘼」，現在再討論其前驅的理論，可能會招「不合時宜」之譏，不過正如馬帖雅所說：

> 無數例子顯示出這些〔布拉格學派對藝術、文學的〕研究，牽動了晚近美國、西歐以至蘇聯的符號學理論及分析的洶湧浪潮；可知布拉格學派的探討在今天仍然有高度的效用，以及開悟與啓廸的力量。⑫

再如史丹拿形容布拉格文論對現今的理論衝突有「合時性」（timeliness）的貢獻；斯玆克雷又引述蘇聯文學批評家羅斯納（Ján Rozner）說：捷克結構主義「在今天仍然有重要的價值。」其

⑪ D. W. Fokkema and Elrud Ibsch，參註㉓，中譯《二十世紀文學理論》（香港：中文大學出版社，一九八五），頁二六—三二，一二九—一三三。

⑫ L. Matejka, "Preface" to *Semiotics of Art*, p. ix.

餘韋力克、杜羅斯達分別指出穆卡洛夫斯基及伏廸契卡的理論和著作至今不失時效⓭。觀乎此，則筆者希望以下的一番討論不僅是文學理論的「考古學工作」而已。

二、布拉格語言學會與伏廸契卡

顧名思義，「布拉格語言學會」的研究興趣離不開語言學。然而，從學會重要成員在一九二九年聯署發表的「宣言」，以至學會同寅刊物《詞語和語言藝術》的「創刊前言」看來，他們都很強調文學研究的重要性⓮。所以我們可以說，布拉格學派將文學帶入語言學領域之內，也可以

⓭ P. Steiner, "To Enter the Circle: The Functionalist Structuralism of the Prague School", preface to *The Prague School*, p. xi; L. Sziklay, "The Prague School", p. 110; R. Wellek, *The Literary Theory and Aesthetics of the Prague School*, pp. 25-26; Miroslav Drozda "Vodička's *The Beginnings of Modern Czech Prose* in the Light of the Theory of Fiction", in *The Structure of the Literary Process*. p. 135.

⓮ 「宣言」原爲法文，收入布拉格學會出版的一份國際性刊物 *Travaux du Cercle Linguistique de Prague*, Vol. 1(1929), pp. 7-29. 通行有兩個英譯本，分別是：Marta K. Johnson, trans., "Manifesto Presented to the First Congress of Slavic Philologists in Prague" in M. K. Johnson, trans. and ed., *Recyling the Prague Linguistic Circle* (Ann Arbor: Karoma Publishers, 1978), pp. 1-31; John Burbank, trans., "Thesis Presented to the First Congress of Slavic Philologists in Prague, 1929" in P. Steiner ed., *The Prague School*, pp. 5-30. 「創刊前言」則見於一九三五年開始出版的另一份同寅刊物 *Slovo a slovesnost*，英譯："By Way of Introduction", in *Recyling the Prague Linguistic Circle*, pp. 32-46.

說，將語言學的觀念引進文學的研究之中。學派中人以穆卡洛夫斯基於文學理論方面貢獻最大，影響最深，可說是本派的代表人物；然而他的理論隨着時日一直發展變化，還未有機會作出綜合整理，反而晚一輩的伏廸契卡能夠集其大成，成爲布拉格學派的後勁⑮。有關穆氏的理論，筆者將另文討論，本文先介紹伏廸契卡在文學理論方面的重要貢獻。

伏廸契卡 (Felix Vodička, 1909—1974) 是布拉格學派的第二代人物⑯，遲至一九四一年，他才正式加入布拉格語言學會。早年他在首都的查理斯大學攻讀捷克文學及歷史。這種「國文系」的出身使他與學派的前輩大不相同，因爲他們的基礎訓練多半是語言學或者美學。對於本國文學的嫻熟，亦有助他日後建立全面的文學史理論。

伏廸契卡的早期文章充滿實證主義色彩，在討論十九、二十世紀幾位著名的捷克作家時，他經常搬弄他們的通訊、日記等傳記資料，又作心理學上的探討⑰。後來他漸漸覺得這些處理手法對很多文學現象都不能解釋，於是逐步改變研究的方向，採用他耳聞目睹的結構主義方法。一九

⑮ R. Wellek, *The Literary Theory and Aesthetics of the Prague School*, p. 29; L. Szik-lay, "The Prague School", p. 82; Lubomír Doležel, "The Conceptual System of Prague School Poetics: Mukařovský and Vodička", in *The Structure of The Literary Process*, esp. pp. 115-16.

⑯ F.W. Galan, "Toward a Structuralist Literary History: The Contribution of Felix Vo-dička", in *Sound, Sign, and Meaning*, p. 457

⑰ *Ibid.*, pp. 458-62.

四一年三月三日，他首次在布拉格語言學會的例會上以〈文學作品接受過程研究的方法論筆記〉("Methodological Remarks on the Study of the Literary Work's Reception") 爲題作演講，並正式加入學會。這次演講的內容經小量修改後，在《詞語和語言藝術》第七期發表，更名爲〈文學作品的接受過程的歷史研究：聶魯達作品的接受問題〉("The Historical Study of Reception of Literary Works: The Problematics of Neruda's Reception") ⑱。在這篇名正言順的「結構主義論文」之中，伏迪契卡探討了一向爲人忽略的「接受過程」，而且就幾個重要的文學史據點，如「符號」(Sign) 的意義、「具體化」(concretization) 的借用、「批評家」(critics) 的重要性、「背境」(context) 的影響、「作家」(authors) 的功能等，都提出了雖然初步但很精闢的見解。當然要了解他的進一步意見，就要參看他在翌年發表的重要論文了。

⑱ "Literárně historické studium ohlasu literárních děl: Problematika ohlasu Nerudova díla", *Slovo a slovesnost*, Vol. 7(1941), pp. 113-132. 布爾班克的英譯改題爲："The Concretization of the Literary Work: Problems of the Reception of Neruda's Works", in P. Steiner, ed., *The Prague School*, pp. 105-13. 又參 "Toward a Structuralist Literary History", pp. 462, 473 n. 13. 有關布拉格學會歷次講題及舉行日期見 Bruce Kochis, "List of Lectures Given in The Prague Linguistic Circle (1926-1948)", in *Sound, Sign, and Meaning*, pp. 607-22.

三、伏迪契卡的文學史理論

伏迪契卡最出色的理論文章是長達百頁的〈文學史：其問題與工作〉（"Literary History: Its Problems and Tasks"），收入一九四二年出版，由穆卡洛夫斯基及赫弗拉奈克合編的《語言與詩歌論文集》（*Readings on Language and Poetry*）之中[19]。這篇論文是現代討論文學史理論最重要的文獻之一；近年來已有德文、波蘭文、英文、西班牙文及意大利文等譯本（全文或部分）[20]。筆者在此就以這篇文章為主，介紹伏迪契卡的文學史理論。[21]

---

[19] "Literární historie, její problémy a úkoly" in Bohuslav Havránek and Jan Mukařovský, ed., *Čtení o jazyce a poezii* (Praha: Družstevní práce, 1942), pp. 307-400.

[20] 參見 F. W. Galan, "Selected Bibliography of the Writings of Felix Vodička", in *The Structure of the Literary Process*, pp. 599-607.

[21] 以下的論述主要根據這幾篇翻譯和論文：Paul L. Garvin, trans., "The History of the Echo of Literary Works", in *A Prague School Reader on Esthetics, Literary Structure, and Style* pp. 71-81; Ralph Koprince, trans., "Response to Verbal Art", in *Semiotics of Art*, pp. 197-208; L. Matějka, "Literary History in a Semiotic Framework: Prague School Contributions", Miloš Sedmidubský, "Literary Evolution as a Communicative Process", F. W. Galan, "Is Reception History a Literary Theory?", P. Steiner, "The Semiotics of Literary Reception", all in *The Structure of the Literary Process*, pp. 341-370, 483-502, 161-186, 503-520; and the works cited above. 為免繁瑣，凡下文論述出於此者，不再一一出註。

一、立場與研究範圍

〈文學史：其問題與工作〉的第一部分先簡單綜述文學的歷史及其與相關學科如結構主義的語言學、現象學派的本體論等的關係。因爲伏迪契卡主要從本國（捷克）的角度出發，所以有關十七世紀以還的捷克文學史家的業績都多作介紹。至於外國學術如德國赫爾德（Johann Gottfried Herder, 1744–1803，德國狂飆突進運動的精神領袖）到沃斯勒（Karl Vossler, 1872–1949，語言學家、批評家）和法國泰納（Hippolyte Taine, 1828–1893，哲學家、史學家、文學評論家）到朗松（Gustave Lanson, 1857–1934，深受泰納影響的文學史家）的文學史研究，以至索緒爾（Ferdinand de Saussure, 1857–1913）的語言學、俄國形式主義的文論及波蘭學者英伽登（Roman Ingarden, 1893–1970）的藝術哲學等的影響，都有分析。

當然，對伏迪契卡來說，這些學說還未能完滿地解決一切有關文學史的問題。他以布拉格學派的結構主義和符號學理論爲根據㉒，創製一套全面的理論。按照布拉格學派的看法，文學以語

㉒ 近年來有關布拉格學派結構主義和符號學理論的研究論文非常多，在此難以枚舉。除前面稱引的論著外，還可參閱：Thomas G. Winner, "The Aesthetics and Poetics of the Prague Linguistic Circle", *Poetics* Vol. 8(1973), pp. 77–96; Peter Steiner, "The Conceptual Basis of Prague Structuralism", in *Sound, Sign, and Meaning*, pp. 351–85; L. Matejka "Postscript: Prague School Semiotics", in *Semiotics of Art*, pp. 265–90; F. W. Galan, "Literary System and Systemic Change: The Prague School Theory of Literary History, 1928–48", *PMLA*, Vol. 94 (1979), pp. 275–85. 這幾篇論文對布拉格學派文學理論及其基礎的介紹都很明晰扼要。

言爲媒介，而語言本身具有多種功能 (polyfunctional)，如表現功能(expressive function)、稱謂功能 (appellative function)、反映功能 (representational function) 等。至於促使一個文學製成品 (artifact) 轉化成審美客體 (aesthetic object) 的就是語言中的美學功能(aesthetic function)[23]。從符號學的觀點去考察，文學是一種特殊的符號系統；文學作品由於美學功能的作用，變成一個自足的符號 (autonomous sign)；由於其他功能的作用，又是一個傳訊的符號 (communicative sign)。符徵 (signifier) 是文學製成品，符指 (signified) 是與作品構成關

---

[23] 先是奧地利學者 Karl Bühler (學會成員之一) 提出語言行動包括三個主要成分：講者、聽者、講及之事物；由此得出語言的三種功能：expressive function, appellative function, representational function。穆卡洛夫斯基原則上同意他的分析，但認爲需要增加一項指向語言本身的功能：aesthetic function，這項功能與其他三項功能辨證地對立。到一九六〇年雅克愼再發展這種分析，提出增加渠道、語碼兩個成分，語言功能也因此增加兩個：phatic function and metalinguistic function. 參閱 J. Mukařovský, "Poetic Reference", trans. by S. Janecek, in *Semiotic of Art*, pp. 155-63; "The Esthetics of Language", trans. by P.L. Garvin, in *A Prague School Reader on Esthetics, Literary Structure, and Style*, pp. 31-69; R. Jakobson, "Closing Statement: Linguistics and Poetics", in Thomas A. Sebok ed, *Style in Language* (Cambridge, Mass.: MIT Press, 1960), pp. 350-77; L. Matejka, "Postscript", p. 275-77, P. Steiner, "The Conceptual Basis of Prague Structuralism", pp. 381-82, n. 48; F. W. Galan, "Toward a Stucturalist Literary History", pp. 473-74, n. 14.

係的外在環境或現象，符義（signification）則是指大衆意識中存在的審美客體[24]。因此，文學作品能否成爲審美客體，端賴符號使用者的意向，使其中語言的功能或顯或潛。伏廸契卡說：

有這樣的一個可能：過去為傳訊功能所支配的某一作品，因本身蘊含一些特質而至今變成了審美客體（某些歷史著作就有這樣的情況出現）。另一方面，隨著時間的推移，曾發揮美學功能的作品可能因新的文學境況而喪失這種功能——換句話說，其美學功能可能不再被體認。

就如我們討論《孟子》、《莊子》、《左傳》、《史記》諸書時，也常常有這個疑問：這些典籍是不是文學作品？如果採用布拉格學派的說法，我們可以說，這些作品可能以其傳訊功能（載道、紀事）的面目出現，但到後世有評論家發掘到「孟子的散文藝術」、「史記的敍事技巧」時，這些作品就以文學模式呈現於大衆的意識之中。至於另一種情況大概與漢賦的接受情況相近。兩漢的文壇，基本上由賦支配，「言語侍從之臣……朝夕論思，日月獻納」，「公卿大臣……時時間作」（班固〈兩都賦序〉），作者讀者兩得其樂，而其中的藝術特色，如司馬相如所講的「合纂組以成文，列錦繡而爲質，一經一緯，一宮一商」（《西京雜記》）都受到充分的注視。

---

[24] 參 J. Mukařovský, "Art as Semiotic Fact", trans. by I. R. Titunik, in *Semiotics of Art*, pp. 3-9; 此文另一譯本載 *Structure, Sign, and Function*, pp. 82-88. 又參 F. W. Galan, "Toward a Structuralist Literary History", pp. 463-64.

然而後世尤其自宋元以後，漢賦已不再像唐詩宋詞那麼易於打動人心；至今讀漢賦的，不少是受了其中傳訊功能的影響，注意其中反映的「大漢帝國強盛的國勢，遼濶的疆土和國內各民族的大聯合」，或者「祖國壯麗的山河和先進的生產技術與文化藝術」㉕。伏廸契卡此說是他的文學史理論非常重要的一環，在論文的後半部有詳細的討論，下文將就此再作介紹。

在講及文學作品的符號功能時，難免牽涉到這些功能本質上的社會性成分——社會背景（social context）對符號使用者的影響。他反對將文學與社會現實的關係割斷，卻特別強調他的「文學」立場；他認爲一位文學史家的工作不在解決心理學或社會的問題——這又與他的少作背道而馳了。在相關的學科中，不難理解，他認爲語言學與文學最有關連，因爲：

> 語言是藝術品〔按：指文學〕的原料。當詩人要落實他的藝術意圖時，就同時被這原料限制和刺激。整個文學創作過程都在一個複雜的語言系統的框框之內發生，而其藝術效果之獲致，實有賴以語言文字作手段。

在研究的立場和目標澄清以後，伏廸契卡就展開了各理論重點的討論。他認爲文學史的研究範圍應該包括「作家」、「作品」、「讀者」三個部分。事實上，對於從事文學研究的人來說，這三個「研究點」並無獨特之處。他的理論之所以特別值得注視是因爲：

㉕ 見龔克昌《漢賦研究》（濟南：山東文藝出版社，一九八四），頁二五—三三。

(一)對於這三個部分的歷時層面(diachronic dimension)的意義，他都能夠全面的作出考察；

(二)以文學作品本位爲線索，貫串文學史的研究；

(三)由於(一)、(二)兩點，文學史研究在他理論的稜鏡下，析射成以下三個研究領域：

(1)論作品時他注意的是「文學結構的演化」(evolution of literary structure)；

(2)論作家時他注意的是「文學作品的生成及作品與歷史現實的關係」(genesis of literary works and their relationship to the historical reality)；

(3)論讀者時他注意的是「文學作品的接受史」(the history of the reception of literary works)㉖。

下文將就這三個部分逐一析述，尤其對往昔文學史忽視的第(3)部分，更作比較詳細的介紹；雖然這個部分的探究在今天已成文學理論研究的重點之一，但伏迪契卡精到的論點顯然未嘗被超越。

二、「文學結構的演化」和「作品的生成」

在此，我們先要理解「文學結構」和「演化」兩個術語所指。用伏迪契卡的話來講，「文學結構」是指一個「非物質的整體」(immaterial whole)，「作爲文學創作的所有可能性的詳目

㉖ "Vývoj literárni struktury", "Genese literárních děl a jejich vztah k historické skutečnosti", "Dějiny ohlasu literárních děl", in F. Vodička, "Literární historie", pp. 344–55, 355–70, 371–84.

而存在於文學作品的背後」。換言之，文學作品就好像索緒爾所講的個別言語行動（parole）；而文學結構就好比語言系統（langue），蘊含着個人使用語言的各種可能和極限。個別的言語活動要依循語言系統的「遊戲規則」；文學作品的創作方法也要受文學結構的約制，其意義也必須在整個結構之中才能顯現。然而這文學結構並非牢固不動的；它只是各種不同因素和力量在特定時空中形成的一個脆性的均衡狀態（state of fragile equilibrium）。任何因素的變動，都足以摧毀這個均衡；而結構內的各項因素會作出一定的調整，務求達至另一個均衡狀態。令文學結構恒常處於變動不居的狀態的力量之一是文學傳統本身內在自發的力量（immanent and self-propelled forces）。俄國形式主義用文學史上的「陌生化」傾向（defamiliarization）去解釋這個內在的推動力；用布拉格學派的術語，這就是「習慣化——具體化」（automatization-actualization）的交替運動；意思是某些文學形式經歷一段時間之後，大家對此過份熟悉，不能再起具體的感受，於有新體代之而興。由於「新變」的關係，就能喚起新的感受，直至大家過分熟悉而至習焉不察爲止。如此循環不息，推動文學的「演化」。這種理論很容易使我們想起顧炎武、王國維的名言：

> 詩文之所以代變，有不得不變者。一代之文，沿襲已久，不容人人皆道此語。（顧炎武《日知錄》）
>
> 蓋文體通行既久，染指遂多，自成習套；豪傑之士，亦難於其中自出新意，故遁而作他體

以自解脫。一切文體所以始盛中衰者，皆由於此。（王國維《人間詞話》）

不過伏廸契卡非常明白這種內在力量不是促令文學結構演化的唯一因素，文學結構蘊含這種內在性質不能保證文學可以自絕於外力的干擾，因爲：

畢竟作品是人民的產品，它們是社會的實存之物，與其他文化生活的現象構成多方面的關係。

這種口吻好像出自馬克思主義的理論家，然而他與馬克思主義者不同的是，他認爲這自發力量是不容忽視的，而且是致令文學傳統與其他社會傳統有所區別的標記。另一方面他也不認爲這種力量是一種黑格爾式的運動（卽有一形而上的命定目標，例如進化的歷史觀），雖然他也經常採納辯證法的觀點，如對立的張力（tension），二律背反（antinomy）等，只是反對採用簡化的正—反—合論式去解決問題而不去「顯明一個歷史過程的全盤複雜情況」。

據上所述，文學史牽連到一個無形的客體（「文學結構」）的運動（「演化」）的情況。「無形」當然難以捉摸，「運動」也不易覺察。然則文學史家如何可以掌握這個過程呢？伏廸契卡認爲可以從具體的作品中考查得來；他說：

〔文學史的〕第一項工程是在依時序列的衆多文學作品的客觀存在（objective existence of literary works）中產生的。於此我們可以追尋到文學形式上的組織變化，這就是「文學結構的演化」。

伏廸契卡認為文學的演化可以由一序列相關的作品顯示，其間作品的形式可能有不同的安排組合，這些組合的變動就是文學史家要探究的地方。換句話說，他認為每一個獨立的作品是文學結構演化程序的一部分。文學史家研究作品的目的不在深刻精微的剖析（intrinsic anatomy），而在通過這些分析以考知作品的「演化價值」（evolutionary value）。他提出的具體工作程序是：

1. 先將每一作品按時序排列先後，然後詳細析述每一作品的結構；

2. 將這些結構的論析互相比較，以決定「某指定作品的文學結構的組織經歷怎樣的變化」，或判別這結構的組織「如何反映演化的趨勢（evolutionary tendency）——是否比較早期的作品更能充份的顯示演化的趨勢」。

在實踐時，這兩個工序是很難劃分的，因為從演化的角度去描敍某一作品的文學結構時通常都包括了與居前作品的比較分析。例如，我們要從文學史的角度去分析杜甫的〈秋興八首〉，則我們必需了解杜詩與王維的〈出塞〉或者更前的沈佺期〈古意〉等七律在詩藝上的分野，於是杜詩的「演化價值」便可得見了。

在討論「文學結構的演化」之後，伏廸契卡就接着探討「文學作品的生成」問題。所謂「文學作品的生成」是指作家在特定的時空中，如何因應當時歷史環境提供的各種條件或限制而構思以至完成一本文學作品。在衆多的歷史現象當中，首先帶來直接影響的，是前人遺留下來的作品，作家在構思時很難完全罔顧文學傳統。不過，他認為作家不是被動地為文學傳統所支配；反之，作家不斷與各種限制的力量爭鬪，而且盡量以他的創造力和創作行動去改變這些限制的影響力；這種努力又成爲文學結構的歷史變化的推動力之一。他說：

在詩人——作為一位文學工作者——與時下的文學傳統之間，有着一種恆常的張力。作家在(有意或無意地)面對傳統的力量時，就會作出依違(或介乎二者之間)的選擇；伏廸契卡所講的張力就是作家這種探索行動的表現。這探索一直持續，直到作家找到他自己的解決方法，並運用到創作行動之中爲止。

由此我們又可以理解到伏廸契卡所注意的是作家在整個結構系統中的功能。他的功能是將某特定時空(創作時)各種因素和力量有選擇地作出融和或消解以完成一本作品，而這作品亦成爲文學結構系統的一環。顯然他無意探討個別作家的心理因素、個人境遇等對個別作品的影響。他在〈文學作品的接受過程的歷史研究〉一文就已經表示，「作家」不是指作家個人，而是由一位作家的所有作品組合而成的一個結構，故此他提及「作家」時，重點已經由個別作家轉移到作品之上了[27]。

三、文學作品的接受史

對於大多數人來說，文學之有價值不在於創製過程是如何的艱辛，如何的泄導作者的激憤情

---

[27] 參註[19]布爾班克英譯，尤其頁一二三—一二九。又參 F. W. Galan, "Toward a Structuralist Literary History", pp. 469-70.

志；最重要的是：文學作品可以供人閱讀、欣賞。欣賞的人可以包括作者本人、作者的友儕；經過傳抄印刷的流播，文學作品甚至可達到不同地域、不同年世的讀者手上，勾起他們的審美情緒。按照布拉格學派的說法，當作品停留於「文學製成品」的階段時，文學並未能發揮它的功能；只有在讀者以審美的眼光去閱讀這些作品時，作品轉化成「審美客體」，文學的功能才可以顯露出來，而作品至此才獲得它的「文學的生命」(literary life)。

伏廸契卡認爲文學史的範圍固應包括現實世界與作品的對立關係（卽文學傳統或社會文化背景以至作者與作品的種種關係），更應該包括作品與讀者的相互關係及其引發的各項問題。他說：

> 正如紀錄由文學作品與現實對立而生的種種關係是文學史的職份，由作品與大衆讀者兩極間所生發的動能，也應是〔文學的〕歷史描述對象。

這個作品─讀者關係的部分，實在是一處極爲豐沃的未墾地，一般文學史對這部分的處理都非常不足，伏廸契卡就此提出了文學史家要做的四件互相關連的工作：

1.在研究某一個時期的文學史時，要重建當日的文學基準 (literary norm) 及文學規條 (literary requirements)；

2.重整當時的文學現象，找出經常被評論的作品以及當時文學價值的等級體系 (hierachy of literary values)；

3.研究個別作品（包括過去的與當代的）的「具體化情況」（actualization）；

4.作品在文學的與非文學的範圍中的效應（effect）。這四項工作牽涉到多方面的問題，以下分幾方面討論：

㈠文學的基準：

伏廸契卡認爲對文學作品的審美感知（aesthetic perception）必與文學評價（evaluation）緊密相伴；那就是說，讀者在閱讀和欣賞文學作品之際，同時亦會判斷這作品的好壞。不過，個別讀者可能因爲本身的性情好尚或者個人遭遇，對作品作出非常主觀的評價。因此伏廸契卡認爲文學史家不必處理所有讀者的每一個反應；文學史家要研究的是整個時代對當時文學現象的觀感，以及具有歷史的普遍性意義的意見。這些觀感和意見就集中表現爲某一時期的「文學基準」（literary norm）。

文學基準與文學作品之間存在着一種動態的張力（dynamic tension）。一方面某一時期的基準可以決定了一個作品（相當於 parole）在當時的整個文學結構（相當於 langue）的地位；如果過份偏離基準的作品，這可能是技巧的庸劣，也可能是主題或表達方法的新異，就會被批評家輕視或者忽略，那自然沒有什麼文學地位。另一方面作品亦可以改變基準的方向；某些作品面世以後，使大衆領悟到文學的新趨勢和發展方向，以致公認的基準起了變化。由此伏廸契卡區分了兩個演化系統：一是文學結構的演化，另一是文學基準的演化。他說：

二者之間存有一明顯的平行而互為影響的關係。因為基準的生成與新的文學實體〔即作品〕的生成兩種情況源出於同一基礎，同出自二者都想超越的文學傳統。不過這兩個系統卻不能併合為一，因為「文學作品的生命」的所有變化都是從作品與基準之間的動態張力而茁生的。

他舉出兩種情況來說明兩個系統的分野：最常見的是，某些文學作品不受當世評家讚賞，到後世文學品味改變，其優點才漸漸爲世人體會——即其美學功能不在作品面世時而在較後的時間才能「具體化」。這種情況令我們想起中國文學史上的陶淵明。他的作品在當世以至整個南北朝時期都不受重視（顏延之〈陶徵士誄〉僅說其「文取指達」；《文心雕龍》論詩不及陶潛；鍾嶸《詩品》說：「世歎其質直」，置其詩於「中品」）。到宋代由於風尚不同，陶詩的地位才攀上最高峰（如蘇轍〈追和陶淵明詩引〉載蘇軾說：「自曹、劉、鮑、謝、李、杜諸人，皆莫及也。」張戒《歲寒堂詩話》說：「自建安七子、六朝、有唐及近世諸人，思無邪者，惟陶淵明、杜子美耳。」）

另一種情況是有時批評家提出一些文學創作的主張（即是說推動新的文學基準的發展），然而在當世卻少有作品能將這些意見實踐；到較後的時間文學的發展漸漸趕上，符合這個基準的作品才紛紛湧現。以古典中國文學史的情況來說，可能要少變伏廸契卡之例。因爲專業的批評家在中國古代並不多見；在文學批評立言的人多半都身兼作家身份，很多時他的作品就是自己理論的實踐。不過伏廸契卡之說在以下兩種情況看來仍然有效：

1. 不少批評家兼作家提出一些與時下風氣不侔的主張，兼且以自己的作品實踐，初時未能傾動當世，到後來附和的人愈多，卒之改動了文學風氣。如清代曹溶寫詞「崇爾雅，斥淫哇」（見朱彝尊序曹溶《靜惕堂詞》），鼓吹南宋詞風，與當時小令學《花間》、長調學蘇辛的流行觀點大不相同；但他卻不能造成風氣。一直到朱彝尊大力推廣，厲鶚再集其大成，這種崇尚「雅正」，以南宋姜夔、張炎等爲宗的「浙派」詞風，才盛行一時。

2. 部分批評家雖然提出一些異於當時的主張，但自己的作品卻不能配合，反而較晚出現的作品可以符合要求。例如初唐王勃提出寫文章要「甄明大義，矯正末流，俗化資以興衰，國家由其輕重」（〈上吏部裴侍郎啓〉）；楊炯批評當時的文章「爭構纖微，競爲雕刻」，「骨氣都盡，剛健不聞」（〈王勃集序〉）；其共同基準似乎是反對六朝文章的浮靡誇飾，提倡明道和剛健的文風。不過這種主張並未得到其他作家的響應，而他們自己竟然也不脫六朝餘習，專寫駢儷文章。一直到蕭穎士、李華等人出現，才開始有實際作品落實這些主張；再經韓愈、柳宗元集其大成，形成一個頗有聲勢的古文運動。依伏廸契卡的講法，則初唐出現的文學基準，要到中唐才有作品作全面的配合。

在中外文學史或藝術史上，作品與當代文藝風氣、批評家的主張不相啣接的事例屢見不鮮；伏廸契卡的理論雖然未盡完善，但最低限度可以在認識論的層次上解釋不少文學史的現象，將這些問題整理出頭緒來㉘。

因此，文學史家除了要了解文學結構的發展外，還要整理出文學基準的發展情況。至於重建基準所需的資料，伏廸契卡認爲可自三個途徑獲得：

1.「基準就包孕在文學本身——卽那些被閱讀、受歡迎，及據以評估新作的文學作品。」他的意思是：不同時期的讀者口味不盡相同，於是他們心目中的「文學正典」(literary canon) 就不會完全一致；如果能夠了解讀者大衆的選擇和根據，就可以歸納出當時的基準。舉例來說，宋、明同樣是重視唐詩，但張若虛的〈春江花月夜〉就不見重於宋，而此詩在明代的評價卻非常高(自李攀龍選入《古今詩刪》後，幾乎所有後出的選本都收有此詩)；可知兩代的取捨標準不同。如果我們再從兩個時代的「唐詩正典」中多舉例證，就能更清楚揭示宋、明不同的基準。

2.「規範性的詩學原理或當代的文學理論可使我們識別某時期文學『應』遵從的『法則』。」伏廸契卡所講的是一個文學時期的指導性準則，如十七世紀法國波瓦洛 (Nicolas Boileau-Despréaux) 所寫的〈詩的藝術〉(*L'Art poétique*) 成爲當世古典主義的法典，無論作者、讀者，均受其影響；要重建當時的文學基準，當然要研究波瓦洛的詩論。在中國則可舉清代桐城派古文

㉘ M. Sedmidubský 認爲在本體論的立場來說，「文學結構的演化」與「文學基準的演化」兩個系統是一體的兩面，不能分割；又指伏廸契卡將認識論所得印象提高到本體論的層次是錯誤的，見他的 "Literary Evolution as a Communicative Process", esp. 491-501.

的義法爲例；方苞所講的「言有物」、「言有序」（〈又書貨殖傳後〉），以至姚鼐的「神、理、氣、味」、「格、律、聲、色」（〈古文辭類纂序〉），對淸中葉以後百多年的古文創作，起着重要的規範作用。

3.「最豐富的資料在於批評文學的言論、評論所採的觀點和方法，以及指向文學創作的種種要求。」在這裏，伏廸契卡正式將文學史的範圍伸展到文學批評史的領域。他認爲每一時期的文學批評文獻都是研究當代文學基準的主要參考資料，因爲這代表了讀者對作品作出反應的可靠紀錄，所以不能忽視。有關文學批評與文學史的關係，伏廸契卡作了很詳細的討論，這些意見在下文另有交代。

在討論文學基準在文學作品的感知過程（perception）的作用時，伏廸契卡又引用穆卡洛夫斯基的說法，指出除了文學技巧的因素外，其他倫理的、社會的、宗教的、哲學的規條對審美評價亦有影響㉙。在感知過程中一旦考慮作品的主題時，讀者本身所處的現實環境，以及由之而來的社會價值觀，與作品中經藝術安排所傳達出來的現實及價值觀之間，就會構成一種關係；若果其間是融和的關係，當然有助於作品得到肯定的評價；如果其間的關係是對立的，則作品往往因此而被排斥。他說：

作品的美學功能只在一種吻合的意識形態的潮流支持下，才能活潑生動地被感受。

㉙ Jan Mukařovský, "The Aesthetic Norm", in *Structure, Sign, and Function*, esp. 53–54.

他舉出的實例是中世紀文學的「宗教導向」。而在我國的文學中當以儒家思想的影響最值得留意，無論評詩說文，「宗經徵聖」的要求都或隱或顯的成爲評論基準之一。甚至在戲曲小說的範疇之內，世俗化了的「儒教」道德觀對於作品爲大衆認同與否也起着重要的作用，作爲文學史家當然不應忽視這個事實。不過伏廸契卡也提醒我們不要專就作品傳達何種訊息以及訊息的眞實程度立論，因爲這已超越了「文學史」的界限而進入「文化史」的範圍了。

㈡批評家的作用

在伏廸契卡的理論中，文學史研究與文學批評史有很多相通之處，尤其在研究作品的「生命」時，文學批評的資料是不可或缺的。正如上面所講，個別讀者的主觀印象或短暫的反應不是文學史的研究重點；只有批評家公開發表、爲大衆知曉的論見，才能反映當時比較穩定的價值觀。因爲據伏廸契卡的說法，批評家作爲「實際介入文學生命」的人物之一，有他的特定功能：

1.將作品視爲審美客體。

2.紀錄作品的「具體化過程」，卽根據當時的審美立場而感受到的作品形貌。

3.以他本身的判斷能力，評定作品在文學發展過程中的作用和地位。

文學史家有責任去觀察一個時期的批評家如何實行其功能，正如他要判斷詩人如何完成寫作的任務一樣。伏廸契卡又指出批評家的言論在某些時期會阻延了文學的發展，在另外一些時期又會激勵了文學的發展。對此，我們可以補充一點：所謂「阻延」或「發展」不一定要附上褒貶的色彩，因爲某方面的阻延，如由陳子昂、李白、元結到元稹、白居易都反對時人的講求聲律（由此我們可以解釋爲何七律要到杜甫才算成熟），可以是另一方面的發展，如重視風骨、興寄以至諷諭的表達手法。當然，我們也可以另舉沈約爲例。作爲批評家的沈約，提出四聲八病之說，認爲寫詩「若前有浮聲，則後須切響。一簡之內，音韻盡殊；兩句之中，輕重悉異」（《宋書》〈謝靈運傳論〉）；他的言論對於「永明體」詩歌，甚至以後近體詩的發展，都有激勵的作用。

伏廸契卡又說某些時期的批評家會推動大衆讀者轉換文學的品味，另外一些時期則起而保衞往昔的價值觀。這些現象在晚明也發生過。例如，竟陵派的鍾惺和譚元春通過《古唐詩歸》的編纂以及其他言論，使大量文學讀者都以「深幽孤峭」爲宗；至於陳子龍則重整前後七子的旗鼓，使復古主義思潮延續到明朝末年。還有一種情況是：某些時期的文學評論不能如份的履行職能，由是當時價值觀的等級體系（the heirarchy of values）就會動搖，風尚也不能定型而成混亂狀態。以中國文學史來說，新文學運動的初期正好作爲例證，因爲當時的批評家破多立少，尤其面對深厚的文學遺產更加無所適從；我們只要比對一下胡適的《五十年來中國之文學》、《白話文學史》和周作人的〈人的文學〉等論著對「舊」文學的評論，就可知當時新文學運動中人的價值觀如何混亂，更不要提吳宓、梅光廸等反對派與他們的差異看法了。

其實伏廸契卡在論述重建基準時所提及的三個資料來源都與文學批評有關。第一類資料是某一時期內受歡迎的作品，要探知這些作品的名目通常可以依循兩個途徑：1.考查當代批評家經常討論的是那些作品；2.考查當代總集選集最常選錄的是那些作品。前者當然是文學批評的問題，後者也是批評史不容忽略的環節。第二類規範性的理論又與第三類的實際評論互爲關聯；批評家要作出批評時，其背後本就有一套規範理論作指導。因此三者都是文學批評的問題，而三者又都與文學史家重建基準的工作有關。由此可見，在伏廸契卡的理論之中，文學批評史與文學史兩個範疇已經融合爲一了。

㈢價值等級體系

人類處身於現實世界的森羅萬象之中，往往就身邊的各種現象作出分類和評價，然後將所得出的價值判斷納入當下的整個價值系統之中。伏廸契卡認爲這是因爲人類渴望將外物與自我的紛亂關係穩定下來。就文學來說，讀者對作品作出審美的感知，評價的行動亦同時進行，於是作品與讀者就構成物我的關係，作品所屬的結構與支配讀者品味的基準結構就在評價行動之中接觸。這種接觸及由此引發的問題是文學史家所究心的地方，所以他們的注意力應放在各個特定時空中的「活文學」(living literature)——卽活躍在讀者意識中的文學，由是文學史家要作出調查，如上文所講，以考知那些古代或當代的作家作品受讀者注視，以及與過往文學發展的關係。經過這些調查工作之後，我們會發覺不是每篇刊行的作品都得到當時的價值系統認可，雖然在較後的時期這作品可能變成公認的佳作。另一方面以往被「高級」(或謂「正統」)文學排斥的「低俗」作品，可能也會因某種機緣而被納入「活文學」中。

這些變化往往植根於社會基礎的更移。例如，有很多人，借用「市民階級的興起」、「印書業的發達」等去解釋明代小說和傳奇在平民大衆中廣泛流行的現象，再用「政治社會變革」、「貴族階層沒落」去解釋五四以後小說戲曲正式踏入文學殿堂等現象。伏廸契卡認爲要研究某一時期的文學意識（literary consciousness）——卽參予文學活動的作者、讀者、批評家等的文學觀念和價值系統，社會學的分析是有意義的，因爲藉此可以探知所謂「正統」文學與「通俗」文學的關係，不同社會階層的讀者的選擇範圍和幅度以至品味的異同等情況。不過他認爲如果純用社會學的尺度，只顧探求某個階層的生活環境的影響力，而忽略了文學的本質及其發展力量，就是一個錯誤。因爲文學基準（以及由此帶來的價值等級體系）到底有其內在發展的動力。就好像文學結構的演化一樣，文學基準的演化亦受制於基準結構本身各項因素的組織活動，外來力量只是通過對這些組織活動的影響而促使基準產生變化。例如，明代正統文學的基準自然是詩文的雅正復古；但由於書刊事業的發達，造成部分知識份子藏書、讀書的癖好（清代的考據學實可溯源到明代）；又由於他們有「博物君子，一物不知以爲已媿」（胡應麟《詩藪》）的想法，戲曲小說（本屬低下階層的玩賞物）的高下辨析亦進入楊愼、王世貞等名世大家的著錄之中。另外同時或稍後出現的反傳統人物如李贄、公安三袁、甚至淸初的金聖歎等，其實也是在已有知識的範疇之內故作聳動之論，將其他文士不予高譽的部分故意拔高，以抗衡他們的知識壟斷（因此反傳統派中人頌揚的文體除戲曲、小說外，還有「正統」文士不屑討論的時文——八股文）。這兩方面的言論亦為五四以後的基準變革打好了基礎。當然其間價值體系的等級不斷調節、逐步發展的詳細情形，尚待深入探討；但我們起碼要在考慮外在因素的影響力之餘，還應試圖結合文學基準的特點，探究文學基準本身有甚麼條件去承受、銷融或者抗衡這些外力。

(四)作品的具體化

「具體化」(aktualizace; actualization) 一詞是布拉格學派文論的一個重要術語，其本源是俄國形式主義所講的「陌生化」(ostranenie，英譯作 defamilarization 或 estrangement)。形式主義學派的施克洛夫斯基 (Viktor Shklovsky) 就這樣說過：

> 藝術的目的是要人感知到事物，而不是認識事物，藝術的技巧就是使事物陌生，使形式變得困難，增加感知的困難程度和時間長度，因為藝術的感知過程本身就是目的，必需設法延長㉚。

所以「陌生化」一詞本來是指作者刻意經營的一種「令石頭更像石頭」的技巧。早在一九二九年的布拉格學會「宣言」中出現的 aktualizace 一詞，照維特魯斯基 (Jiří Veltrusky——布拉格學派的另一晚輩成員) 的講法，和俄國形式主義的「陌生化」並無分別，也是使文學語言異於日常

㉚ Viktor Shklovsky, "Art as Technique", in Lee T. Lemon and Marion J. Reis, trans. and ed., *Russian Formalist Criticism: Four Essays* (Lincoln: University of Nebraska Press, 1965), p. 12.

傳訊語言之流於習慣化 (automatization) (所以布爾班克等譯此詞作「非習慣化」 deautomatization)。但由於「陌生化」／「具體化」的目標是令讀者有具體的經驗，於是這個本來是技巧上的問題 (屬於作者創作過程的一端)，便牽連到美學效果和價值的問題 (屬於讀者感知過程的另一端)。後來穆卡洛夫斯基在應用結構的等級體系觀念去解釋文學作品的美學效果時，就以具體化一詞去說明：在一個結構之中，某些結構成分會突顯於前景，因而佔有主導地位，其他結構成分則退居背景的地位，如果突顯者是藝術成分，其他傳訊成分退爲背景，則作品便會產生美學的效果。具體化就是指這些成分能夠突顯，爲讀者所感知 (所以蓋爾文等就譯之爲「前景化」foregrounding) ㉛。不用說，伏廸契卡現在所注意的是讀者感知過程的部分。

跟這個詞有淵源關係的另一個術語是波蘭現象學批評家英伽登所提出 konkretyzacja (英譯作 concretization; 中譯同用「具體化」一詞)。伏廸契卡的論文多次引用他的說法。英伽登認爲文學的生命不在於作品，而在於讀者對作品的感知過程。讀者根據作品所提供的「規劃性結構」

㉛ 參見 "Theses Presented to the First Congress of Slavic Philologists in Prague, 1929", III c, pp. 15-18; P. Steiner, "Jan Mukařovský's Structural Aesthetics", in *Structure, Sign, and Function*, p. xiv; P.L. Garvin, "Introduction", in *A Prague School Reader on Esthetics, Literary Structure, and Style*, p. viii; and J. Mukařovský, "Standard Language and Poetic Language", *Ibid.*, pp. 17-30; Jiři Veltruský, "Jan Mukařovský's Structural Poetics and Esthetics, *Poetics Today*, Vol. 2, No. 1b (1980/81), pp. 134-137.

(schematic structure) 作出具體化行動 (concretizing)，將作品的「未決定點」(spots of indeterminacy) 塡滿。由於讀者對這些未定的部分未必有相同的理解和想像，所以有不同的「具體」出現[32]。

然而，伏廸契卡對英伽登視作品爲孤立靜態的結構的說法不表同意。他認爲不單止作品的未定點會帶來不同的「具體化」，由於基準的變易，使讀者從不同的角度去感知作品，從前受輕視或被忽略的部分，可能會被視爲優點，從而發揮美學的效應，於是有新的「具體化」出現。這種途徑是英伽登的理論未曾照顧的。基於此，他批評舊式的文學史說：

以往的文學史以為每一個作品都有固定的評價，於是他們就只顧追尋這些評價如何被讀者和批評家了解和發現。本着只有一個「正確」美學基準的假設，所有評價的歧異，都歸咎於文學品味的謬誤和闕失。然而，那些文學史家、美學家、批評家卻從未一致同意這唯一的「正確」基準。

[32] 參閱 Michal Glowiński, "On Concretization", in *Language, Literature and Meaning I*, pp. 325-349. 有關 R. Ingarden 理論的中文譯介也不多，筆者所見僅有：R. Ingarden 著、廖炳惠譯〈現象學美學：試界定其範圍〉，收入鄭樹森編《現象學與文學批評》(臺北：東大圖書公司，一九八四)，頁二九—五五；李幼蒸〈羅曼・茵格爾頓的現象學美學〉，《美學》，第二期 (一九八〇年)，頁二四二—二五〇；R. Wellek 著、林驤華譯〈羅曼・英格爾登〉，收入《西方四大批評家》(上海：復旦大學出版社，一九八三)，頁九七—一二六，Anna-Teresa Tymieniecka 著、張金言譯〈從哲學角度看羅曼・茵加登的美學理論要旨〉，《美學譯文》，第三輯 (一九八四年七月)，頁一—十六；劉昌元〈殷佳頓的文學理論〉，《中外文學》，第十四卷，第八期 (一九八六年一月)，頁六六—七六。

他認爲文學史家的責任不是去追尋一個絕對「正確」的基準或定評，而是調查作品在不同環境（context）、不同基準的衡量下，如何在作品的感知者心中形成異於前時的形貌。因爲：

由此途徑我們可以一貫的集中注意力，視作品為審美客體，以及觀察作品的美學功能的社會層面。

他又指出有些作品即使經歷不同的基準，各時期的讀者以不同的具體化過程去接受作品，但評價仍然是肯定的，則這些作品一定具備豐富的潛質。如杜甫詩在元稹、白居易的具體化過程中，特重其「鋪陳終始，排比聲韻」（元稹〈唐檢校工部員外郎杜君墓係銘序〉），以及「貫穿今古，覼縷格律」（白居易〈與元九書〉），並認爲這是杜詩勝於李白詩的地方。但到元好問時，看法就有所不同，他說：「少陵自有連城璧，爭奈微之識碔砆。」（〈論詩絕句之十〉）他認爲杜甫詩的好處是「學至於無學」，「元氣淋漓，隨物賦形」（〈杜詩學引〉）。至於南宋批評家因爲身罹家國之痛，所以特別看重杜詩忠君愛國的內容，如李綱就注意到：「其忠義氣節，羈旅艱難，悲憤無聊，一見於詩。」（〈重校正杜子美集序〉）而明代李東陽在三楊臺閣體餘風影響下，自己又位居顯要，故此認爲杜詩的好處是能兼「山林詩」、「臺閣詩」二體之妙（《懷麓堂詩話》）。杜甫詩經歷了多種基準的變化，在不同具體化過程之中顯出不同的模樣，仍然能贏得好評；據伏廸契卡的理論，杜詩可說有很強的生命週期（a great life span）。相對來說，有些時譽甚隆的作品在當時的基準消亡以後，就會失去美學的感染力。這種情況或者可以上官儀的詩爲例。在初唐上官儀的五言詩風行一時，這固然是因爲他身居顯貴高位，另方面他「綺錯婉媚」的詩風亦能配合當時的齊梁餘韻；在對偶方面，用功之深更有助唐代近體詩的確立，從時人紛紛仿習，並稱之爲「上官體」的史實看來，他的作品在當時讀者心目中必定有很好的形象㉝。但當律體確定以後，工巧的對偶功夫已經司空見慣，而「綺錯婉媚」亦不再受歡迎，「上官體」不再受人稱頌，盧藏用甚至說：「若上官儀者……風雅之道掃地盡矣。」(〈右拾遺陳子昂文集序〉)這種作品的生命力當然不會很強。

㈤作品的文學效應

伏廸契卡認爲文學史還要討論文學作品的影響問題。在論文前部分他討論過某一作品如何因前人衆多作品的影響而成爲現存的模樣；在本部分他主要討論一本作品所生的影響力。他說一個作品

可以對讀者的精神生活發生影響，更重要的是它對本身是作家的讀者的文學品味發生影響，故此可能會，卽或不自覺的，影響到他們自己的文學創作。

影響研究在一般文學史著作或作家研究的專著之中並不罕見，所以伏廸契卡這部分的理論不

㉝ 參劉昫等《舊唐書》(北京：中華書局，一九七五)，卷八〇，頁二七四三—四四；《新唐書》(北京：中華書局，一九七五)，卷一〇五，頁四〇三五—三六；計有功《唐詩紀事》(北京：中華書局，一九六五)，卷六，頁七二—七三。

算新穎，不過他強調以作品爲焦點，將作品放在整個文學系統之中來觀照的說法，也很値得我們注意。他提醒我們：有些作品只有在舊作品的對照之下，才能全面的發揮其美學功能，因爲這些作品基本上以某些舊作品爲抗衡的目標；他舉出的幾種情況，如同一題材但探討的角度不同，或保留故事但表達工具改變，又或者以一種新的藝術手法處理一種舊的藝術形式等，雖然不一定能夠在中國文學史上找到對應的現象㉞，但我們在考慮《樂府詩集》中的本詞與後來擬作的關係時，伏廸契卡的觀念就可以應用得上；又如我們要研究王維的〈桃源行〉或蘇軾的「和陶詩」，就必須拿出陶淵明的作品並排而觀；再如我們面對當代劉以鬯的《寺內》，如果不先了解這篇現代小說與唐傳奇《會眞記》、元雜劇《西廂記》等早期作品的「本文互涉」(intertextuality)關係，就不易明白其中「變奏」的意義了㉟。

(六)外緣問題

布拉格學派文學理論的基本立場之一是視文學爲符號的一種。文學之所以是藝術符號，而異於其他符號的地方，是因爲它的主要傾向是自我指涉 (self-referential)；然而，文學又與其他符號系統有不能相異的地方，因爲符號必定與使用符號的社羣發生關係；因此由符號學的觀點來

㉞ 伏氏在文中舉出 Julius Zeyer(1841-1901) *Restored Pictures* 以及 Josef Hora (1891-1945) *Variations on Macha* 爲例。

㉟ 普林斯頓大學容世誠兄於「香港文學研討會」(一九八五年舉行)上宣讀的論文中曾就《寺內》與前代作品的「本文互涉」作出獨到的分析。

講文學史就不會廻避文學的外緣問題。不過，伏廸契卡在討論有關問題時，都以文學本位的立場出發，使這些科際交叠的區域不致無限制的擴張。例如，他討論文學基準的時候，指出一個時代的宗教、社會、美學等方面的意識，可能強烈地影響當時的文學品味——這主要反映在主題的要求上，然而伏廸契卡特別指出讀者對作品作審美感知，與對作品的意識形態作判斷，二者必須分劃清楚：

> 一旦作品的評價只聚焦於作品傳達了現實的那些部分，而不再考慮作品本身及其結構，一旦作品只以所傳訊息的真實程度定高下，而忽略了實際文字中的藝術表現方式，則將美學符號和其他傳訊符號系統清楚分隔的基本因素，已不再存在於這次探討之中了。

他又表示這種探討不再是文學中的研究，而變成文化史的研究，在此文學作品只被視爲研究的資料之一。例如，陳寅恪以唐代文學作品爲基礎討論唐代文化，就是這方面的典範。不過伏廸契卡再就此作出一番忠告：文學作品的美學功能可能影響了它的傳訊功能，尤其當文學作品的多義性傾向使得各種詮釋都可以成立的時候。故此我們以杜甫、白居易詩來探討唐代米糧布帛的價錢時，就要非常審愼㊱。

㊱ 劉攽《中山詩話》有這樣的記載：「眞宗問近臣：『唐酒價幾何?』莫能對。丁晉公獨曰：『斗直三百。』上問何以知之，曰：『臣觀杜甫詩：「速須相就飲一斗，恰有三百青銅錢。」』亦一時之善對。」見何文煥輯《歷代詩話》（北京：中華書局，一九八一），頁二八九。從劉攽所加的按語看來，他不過認爲丁謂非常機智，善用詩句來作言詞的應對而已；似乎並不覺得這個答案眞實可靠。

另一面伏廸契卡又提到當世的文化市場經濟如出版商以至廣告的力量，或者突發的政治事件帶來的逆轉以及政治壓力，都可能對文學基準的變化構成一定的影響。他認爲文學史家應該調查這些因素與新變的文學基準有何關係，到底這些外力加速了還是阻延了文學基準的變化，或者卽使在阻力之下這些新基準如何經由批評家爲之詮釋演繹。換句話說，伏廸契卡並不認爲外力與文學基準的變化有必然的因果關係。

最後伏廸契卡又從另一端講述文學與外界的關係，他指出一個文學作品除了在文學系統以內發生影響之外，還會對文學以外的領域產生影響，因爲文學作品的美學效果可以鼓動讀者大衆的激情。例如一些文學的人物形象在個別的社會階層中引起強烈的反應，又或者某個作品的道德觀念使整個社會的道德觀受到影響。有時爲求達致某些社會的、經濟的或民族的目標，作品就會被加添了一些本來不曾具有的社會功能。如果翻查近代以來的中國文學，很容易就會見到以上舉列的情況。例如巴金的《家》、《春》、《秋》等作，確實鼓動了當世年青一輩知識份子反封建、爭自由的思想，其中「覺民」、「覺慧」等角色，又或者胡適引進的「娜拉」形象，正是當時年輕人的偶像。又如在內憂外患紛至沓來的晚淸時期，不少理論家就提出小說有助群治，可以救國的講法；除了梁啓超〈小說與羣治之關係〉的著名論文之外，我們還見到王鍾麒、燕南尚生等標舉《水滸傳》之說；他們都認爲《水滸傳》刻劃出人人平等之自由社會（王鍾麒〈中國三大小說家論贊〉、燕南尚生〈新評水滸傳三題〉）。這些講法正是當時知識份子力圖改革時政的思想投射在文學作品的「具體化」過程的例證之一。

伏廸契卡認爲這些問題已在文學史研究範圍的邊緣，而與其他歷史科學的研究範圍有所重疊；這些文學以外的影響問題，還是由其他方面的歷史科學去判斷評鑑較爲理想，因爲文學史的研究重點始終在於文學的各種現象，而非其他。

四、結　語

伏廸契卡的文學史理論自成一個完整的體系，並標誌着捷克結構主義將共時研究(synchronic study)和歷時研究（diachronic study）結合的努力。以上或詳或略的介紹，大致可以將其理論的重點勾劃出來。然而，因爲篇幅的問題，文內所作的評析便不能深入；而且筆者的着眼點在指出如何將這套理論應用到中國文學史的研究之上，故未必能就全局作出勻稱的照應。本文未暇處理的部分起碼包括：結構主義和符號學的理論根源、穆卡洛夫斯基的理論和伏廸契卡理論的異同、伏廸契卡理論的實際應用，以及其他學者對伏氏理論的檢討、修正和發揮。希望將來筆者有能力補足這幾個部分。更覺遺憾的是筆者不能直接閱讀原始資料，只可以借助翻譯和其他學者的論述，文中的失實掛漏自難避免。今後如果有通曉捷克文字的我國學者，將布拉格學派的理論全面譯介爲中文，則筆者相信，我們可以從中取資以助我國文學理論和文學史研究的地方一定很多。

後記：本文所據部分資料蒙陳師炳良教授、聖地牙哥大學加州分校鄭樹森教授賜贈，又多倫多大學何婉兒小姐及國萬弟協助翻查書刊，於此謹致謝忱。

附　錄

論布拉格學派的術語“aktualizace”

有關布拉格學派的理論在中文書刊中很少見到介紹。最近《外語教學與研究》一刊中，分別見到慈繼偉先生和華如君先生的文章提及這一派的術語和應用的問題（一九八五年第二、四期）在此我也想就“aktualizace”一詞提一點補充的意見，以供大家參考。

布拉格學派所講的“aktualizace”確非穆卡洛夫斯基（Jan Mukařovský）個人的創獲。就我手上現有的資料看來，此詞最早在一九二九年出現。當年第一屆斯拉夫語言學家會議在布拉格舉行。爲此布拉格語言學會的成員雅克愼（Roman Jakobson）、馬提休斯(Vilém Mathesius)、赫弗拉奈克（Bohuslav Havránek）及穆卡洛夫斯基等合力撰寫了一份〈宣言〉，其中第三條C項就應用到這個術語。這篇宣言並沒有在大會的論文集刊（*Proceedings*）中出現（參 Jakobson and Slotty 1930: 384–91）。遲到布拉格學派在同年稍後出版的一份國際性刊物《布拉格語言學會作品集》（*Travaux du Cercle Linguistique de Prague*）創刊號，才收入此文的法語譯本

("Thèsis": 7–29) 。同卷附有未編頁碼的捷語原文，後又載於瓦夏克的編集之中 (Josef Vachek 1970: 35–65) 。

然而這個術語的彰顯 (起碼在西方文學理論界、風格學界如是)，似乎是由穆卡洛夫斯基的〈標準語言與詩歌語言〉一文受重視而引起的 。再者其英語的早期譯法也是 "foregrounding" 而不是如華先生所講的 "actualization" (華如君一九八五: 76–77) 。這篇文章最早由蓋爾文 (Paul L. Garvin) 譯出，連同其他七篇論文收入一九五五年出版的《布拉格學派論美學、文學結構及風格文選》(*A Prague School Reader on Esthetics, Literary Structure, and Style*) 。不過此本並不通行，現時比較易見的是一九六四年版 (Garvin 1964: 17–30) 。蓋爾文的翻譯後來經過輾轉載引 (如 Chatman and Levin 1967, Freeman 1970, Babb 1972)，因而影響甚廣。他以 "foregrounding" 一詞翻譯 "aktualizace"，這譯詞也就不脛而走，後來的論著大都沿用同一字眼(如 Leech 1969, Fowler 1971)。此外 "aktualizace" 還有另一種譯法，就是布爾斑克 (John Burbank) 和史丹拿 (Peter Steiner) 所用的 "deautomatization" (Burbank and Steiner, 1977, 1978)，不過通行的程度遠不及 "foregrounding"。

又布拉格學會的一位晚輩成員維特魯斯基 (Jiří Veltruský) 在一篇討論穆卡洛斯基文學及美學理論的文章中，就談到這個術語和穆氏的關係，指出穆氏的理論雖然不斷發展和變化，但仍然一直沿用這個術語 (Veltruský 1980/81: 134–36) 。可見此詞在穆氏理論當中佔有一個非常重要的地位，而這也是蓋爾文（Garvin 1964: viii–ix）以來，大部分學者都同意的看法。準此而言，慈繼偉先生將此詞聯繫到穆卡洛夫斯基身上，並不能視爲錯誤（慈繼偉一九八五：八）。不過慈先生只以穆氏這篇早在一九三二年發表的〈標準語言與詩歌語言〉爲據，沒有考慮穆氏後來就此觀念作出的修正，似乎未能準確把握他的理論。穆氏自己在一九四〇年預備編選自己的論文集時，就不願收錄這篇早期的文章了。要理解穆氏的看法還得參考〈語言的美學〉（"The Esthetics of Language"; Garvin: 31–69）、〈論詩歌語言〉（"On Poetic Language"; Burbank and Steiner 1977: 1–64）、〈詩歌的賦份與語言的美學功能〉（"Poetic Designation and the Aesthetic Function"; Burbank and Steiner 1977: 65–73）等論文。

談到"aktualizace"的英譯，維特魯斯基又指出"foregrounding"和"deautomatization"二譯都只能得本詞意義的一端（Veltruský 1980/81: 135），因爲這術語有時用來指稱「習慣化」（automatization）的反面作用：這個作用類似俄國形式主義者（Russian Formalists）所講的「陌生化」（ostranenie）：力圖使語言不致因過份陳熟而失去感染力。另一方面此詞又牽涉到語言如何發揮美學功能的問題。按照布拉格學派的講法，語言具有「多重功能」（polyfunctional），各種功能隨着語言本身以及外在環境的變化而作出不同的等級體系（hierarchy）的排列，其中詩歌語言的特徵就是將語言的美學功能在等級體系中突顯出來。前說可用"deautomatization"表示，而後者則是"foregrounding"所指；無論採用那一種譯法，都不能全面概括此詞的意義。因此，採用英語中與捷克原文相對應的 “actualization” 來翻譯，似乎是個可行的辦法。維特魯斯基自己就一直用 “actualization” 一詞來敍述；而在一本以英語撰寫的布拉格學派研究新著——《歷史結構：一九二八——一九四六年間的布拉格學派計劃》(*Historic Structures: The Prague School Project, 1928-1946*)——當中，蓋蘭 (F. W. Galan) 也選用 “actualization” 而棄 “foregrounding” 等不用。

至於中譯則有人根據 “foregrounding” 而譯成「前景化」，如果就字面（與「背景」background 相對）而言也相當貼近，但其偏頗就如維特魯斯基所講的一樣。華先生提出用「語境化」或「實義化」來作中譯（華如君一九八五：七六），看來也有商榷的餘地。因爲「語境」現在往往用來翻譯 “context” 一詞，指每一語言行動所面對的周遭環境，與本詞的含義無大關聯；後者的「實」字有「落實」、「顯現」的意思，較爲可取，然而「義」字則偏指「意義」、「語意」，也不符本詞的原義。我自己在討論布拉格學派另一成員伏廸契卡 (Felix Vodička) 的文章〈文學結構的生成、演化與接受〉中，暫將這個術語譯作「具體化」。這個譯法主要從語言的美學功能帶來的審美效果着眼，表示通過「具體化」的過程讀者可以感受到事物的具體情況，這樣就與「習慣化」的過程作反面的對應，也隱含美學功能突顯的意思。不過其弊處就是「具體」一詞太過「陳熟」，容易陷入「習慣化」的過程，未必能使讀者警覺到此詞的豐富涵義，因此我期待大家繼續討論，提出更恰當的譯詞，然後再作統一。

布拉格學派的理論無論對語言學、風格學、美學，以至文學，都有廣泛而深遠的影響，現在西方學界對此派理論的探討論辯愈見熾熱，而且由此開拓了不少新的學術領域；相對來說，中文的譯介工作似乎不足，希望以後有更多的專家學者就此多作介紹和分析。

參考書目

Bobb, Howard S. (ed.), 1972, *Essays in Stylistic Analysis*, New York: Harper & Row.

Burbank, John and Peter Steiner (trans. and eds.), 1977, *The Word and Verbal Art: Selected Essays by Jan Mukařovský*, New Haven: Yale University Press.

———, 1978, *Structure, Sign and Function: Selected Essays by Jan Mukařovský*, New Haven: Yale University Press.

Chatman, Seymour and Samuel R. Levin (eds.), 1967, *Essays on the Language of Literature*, Boston, Mass: Houghton Mifflin.

Fowler, Roger, 1971, *The Language of Literature*, London: Routledge & Kegan Paul.

Freeman, Donald C. (ed.), 1970, *Linguistic and Literary Style*, New York: Holt, Rinehart & Winston.

Galan, F.W., 1985, *Historic Structures: The Prague School Project, 1928-1946*, Austin: University of Texas Press.

Garvin, Paul L. (trans. and ed.), 1964, *A Prague School Reader on Esthetics, Literary Structure, and Style*, Washington, D.C.: Georgetown University Press.

Jakobson, Roman and F. Slotty, 1930, "Die Sprachwissenschaft auf dem ersten Slavistenkongress in Prag vom 6-13 October 1929," *Indogermanisches Jahrbuch*, 14: 384-91.

Leech, Geoffrey N., 1969, *A Linguistic Guide to English Poetry*, London: Longman.

"Thèsis", 1929, *Travaux du Cercle Linguistique de Prague: Mélanges linguistiques dédiés au Premièr Congrès des Philologues slaves*, 1: 7-29.

Vachek, Josef (ed.), 1970, *U základú pražské jazykovědné školy*, Prague: Academia.

Veltrusky, Jiří, 1980/81, "Jan Mukařovský's Structural Poetics and Esthetics", *Poetics Today*, 2, lb: 117-57.

陳國球，一九八七，〈文學結構的生成、演化與接受〉，《中外文學》，十五：八，六四——九六。又收入本書頁一二七——六五。

慈繼偉，一九八五，〈小說對文學的挑戰〉，《外語教學與研究》，六二：七——十三。

華如君，一九八五，〈也談布拉格學派〉，《外語教學與研究》，六四：七五——七七。

古代修辭學的研究

——評鄭子瑜《中國修辭學史稿》

一、古代修辭學與《中國修辭學史稿》

很多人都以爲，中國之有「修辭學」是五四運動以後的事。劉大白在《修辭學發凡》的初版序文中說：

> 中國人在說話的時候，修了幾百萬年的辭，並且在作文的時候，也已經修了幾千年的辭，可是一竟並不曾知道有所謂有系統的修辭學。直到一九三二年，陳望道先生底《修辭學發凡》出來，才得有中國第一部有系統的兼顧古話文今話文的修辭學書。[1]

劉氏的說法不無道理；今天，我們都會同意陳望道的《修辭學發凡》是中國「第一部科學的、系

[1] 《修辭學發凡》〈初版劉序〉，載陳望道《修辭學發凡》(上海：上海教育出版社，一九七六年新版)，頁二八八。

統的修辭學專著」②。但若就此以爲中國古代沒有人討論修辭的問題，談不上「古代修辭學」，那就值得商榷了。最近出版，由鄭子瑜撰著的《中國修辭學史稿》（上海：上海教育出版社，一九八四）正好爲我們說明：中國古代有不少人注意到修辭的重要性，也曾多方面討論到與修辭有關的問題；這些資料經過分類排比之後，就可以得出由古至今中國修辭學的全貌來。

《中國修辭學史稿》的作者鄭子瑜是新加坡華僑，一九六四年至一九六五年間曾於日本「修辭學搖籃」的早稻田大學主講「中國修辭學」，並寫成〈中國修辭學的變遷〉一文。這篇論文與作者另外五篇文章彙成一書，仍以《中國修辭學的變遷》爲名，由早稻田大學語學教育研究所於一九六五年一月出版。〈變遷〉一文，可說是二十年後《中國修辭學史稿》的雛型，不過前者是一萬字左右的論文，後者卻是四十萬言的大部頭著作；兩相比較，可見多年來作者彙積材料和融治滙通的功夫。

二、鄭著的內容

本書共分十篇，每篇再分若干節；末附〈論照應〉、〈論《史記》修辭之偶疏〉兩篇短文，作爲〈附論〉。前者亦收入《中國修辭學的變遷》一書中，後者部分內容則選自同書〈古書辨

② 張壽康〈望道先生紀念〉，載復旦大學語言研究室《〈修辭學發凡〉與中國修辭學》（上海：復旦大學出版社，一九八三），頁三九。又參吳文祺〈紀念陳望道先生及其《修辭學發凡》出版五十周年〉，張斌〈學習陳望道先生的治學精神〉，均載仝書，頁三及六七。

惑〉一文。❸

第一篇〈緒論〉，下分三節，分別討論「修辭」一詞的含義（第一節）、修辭學與邏輯語法及文學批評的關係（第二節）、中國歷代修辭學的發展大勢（第三節）。一、二兩節的內容亦先見於《中國修辭學的變遷》論文集中❹，第三節綜覽大勢，可說是全書正文的提綱。

第十篇是〈結論〉，共分七節，除了對正文所提到的一些重要論點再作補充申述之外，並表明本書的寫作立場和局限。作者的立場是：以修辭學史為一門獨立的史學，不必再依附於文學批評史之中（頁五二一）。至於本書的局限，作者認為「論消極修辭所應注意的諸要項和論積極修辭的風格與辭趣的文字則較少」，「談論文體的修辭技巧的修辭論，也欠豐富」（頁五二五—五二六）。觀此，我們對本書也就有進一步的認識。

第二篇至第九篇可說是本書的「正文」，分別討論由先秦到現代的修辭學理論和實踐。各章先有「楔子」，簡述各時期的政治、社會或文化等各項因素對修辭學的影響。後有「小結」，就每一時期的發展作一總結。體例完整而周密。

作者在本書〈後記〉中套用陳望道的話說：「無論如何淵博的修辭學史家必不能把古今一切

---

❸《中國修辭學的變遷》一書共收文章六篇，分別是：一、〈中國修辭學的變遷〉；二、〈「修辭」的含義〉；三、〈修辭學與其他學科的關係〉；四、〈論「照應」〉；五、〈漢文特殊的修辭技巧〉；六、〈古書辨惑〉。

❹即上注所列第二、三篇論文。

的修辭理論盡行搜集了來，論列在一書之中。」（頁五三八）然而本書所包容的資料，卻已非常豐富。正文正式討論的修辭學說凡三百家，比起〈變遷〉一文所討論的約六十家學說，超出四五倍之多。例如本書第四篇〈中國修辭學的發展期——魏晉南北朝〉，大概相當於〈變遷〉一文的第三節「魏晉的修辭學」和第四節「南北朝的修辭學」。這兩節只是順次論列了曹丕、徐幹、陸機、摯虞、任昉、劉勰、鍾嶸、顏之推八人有關修辭的幾段說話，分析也未見深入。本書所論及的各家學說，數目增加了一倍多，而且資料經過歸納整理，再分門論述。作者先舉出曹植、徐幹、桓範、左思、歐陽建、葛洪、摯虞、王微等各家主樸質、反對過份雕飾的修辭論，再詳舉《典論》〈論文〉、〈文賦〉、〈文章流別論〉、〈翰林論〉、〈文選序〉和《文心雕龍》等作品中討論各類文體修辭方法的意見，加以分析。又因為魏晉南北朝之際，討論作家修辭技巧的風氣很盛，作者又分別討論各家品鑑當代作家修辭技巧的論見。最後又從大量資料中探幽鈎沉，指出現代稱為「析字」、「飛白」、「摹狀」、「複迭」、「夸張」、「對偶」、「引用」、「仿似」等辭格，在當時已有或詳或略的論述。其他各章亦先就各時期的特色作專題探討，然後再分論有關修辭的重要著作，縱橫剖析，極見功力。

三、鄭著的理論架構與作者的史識

本書資料的安排，有其一定的架構；綜合而言，大概包括以下幾項：

1. 有關修辭的一般理論，
2. 消極修辭；
3. 積極修辭（尤其辭格的論見）；
4. 作家的修辭技巧的品鑑；
5. 文體論和風格論。

這個理論架構，相信也就是根源於陳望道的《修辭學發凡》所建立的系統，尤其消極修辭、積極修辭「兩大分野」的劃分，以至辭格的命名和歸類，作者都全依陳望道之說。近年來修辭學已有長足的發展，不少修辭學者不再以「兩大分野」爲限；篇章修辭學、功能修辭學，以至語用學、信息學的研究方法，紛紛出現。不過本書所據的資料還是以「文辭」爲主要的成分，以《修辭學發凡》的系統來分門論列，還是可行的辦法之一。

另外作者對中國修辭學發展所作的分期，也很值得我們注意，因爲分期的處理方法，最能顯出作者的識見——如何通觀全局，如何了解各個時期段落的變化。再說，中國修辭學史的研究，事屬草創，要作出恰當的分期也就不易。作者在撰寫〈變遷〉一文時，基本上還沒能提出一套系統的分期方法。文中大概依時代先後分爲九節：

1. 先秦諸子的修辭學觀；
2. 漢代修辭學的兩極端；

3. 魏晉的修辭學；
4. 南北朝的修辭學；
5. 隋代的修辭學；
6. 唐宋的修辭學；
7. 金元明的修辭學；
8. 清代的修辭學；
9. 現代修辭學。

其中隋代自成一期，而唐宋以及金元明之合成兩期，實在令人費解。

又周振甫著有＜中國修辭學簡史＞一文，其中的分期方法，也很值得我們參考。周氏的分法是：

1. 修辭學的萌芽期：先秦兩漢時期的修辭；
2. 修辭學的成長時期：(i) 魏晉南北朝時期的修辭，(ii) 唐宋時期的修辭；
3. 修辭學初步創立時期：⑴修辭學的初步創立，⑵元明清的修辭；
4. 修辭學的成立時期；

5.白話修辭學的創立及其他。❺

據此，可知周氏是以陳望道的《修辭學發凡》為中國修辭學正式成立的標誌。❻在此以前只是準備和孕育的階段。這種看法反映了大部份人對修辭學史的觀感——以科學方式歸納分析的研究方法，才算是正式的修辭學。❼

本書〈緒論〉的第三節，提到作者曾參酌中國文學批評史、文學史和哲學史的發展情況，作出修辭學史的分期；他把中國修辭學史分為下列八個時期：

1.中國修辭思想的萌芽期：先秦時代；
2.中國修辭思想的成熟期：兩漢時代；
3.中國修辭學的發展期：魏晉南北朝；
4.中國修辭學發展的延續期：隋唐時代；

---

❺ 載張志公主編《現代漢語（試用本）》（北京：人民教育出版社，一九八二），下册，頁二五八——二七八。另外譚全基在一篇文章內提到古代修辭理論的發展階段，也值得參照：「它在先秦時期就已經開始萌芽，在六朝時期就奠定了基礎，在宋代有了很大的發展，在清代已相當成熟。」見〈中國古代的修辭理論〉，《抖擻》，第十二期（一九七五年十一月），頁一二。

❻ 見《現代漢語（試用本）》，下册，頁二七三。

❼ 不過周文的一些細節，亦不無問題。如第二期的第二段已有「唐宋時期」，到第三期又特別以南宋陳騤《文則》自成第一段落（「修辭學的初步創立」），再接以元明清三代為第二段落；按理陳騤既是南宋時人，應上屬第二期的第二段「唐宋時期」；又一時以一人一書為一個段落，一時以元明清三代為一個段落，看來亦欠勻稱。

5. 中國修辭學發展的再延續期：宋金元代；
6. 中國修辭學的復古期（上）：明代；
7. 中國修辭學的復古期（下）：清代；
8. 中國修辭學的革新期：現代。

由作者的架構，我們可以再作分析，大體他認為魏晉以前——先秦兩漢——是古代修辭思想醞釀至成熟的階段，魏晉以後至清代是古代修辭學的發展期，五四以後以《修辭學發凡》為標誌是修辭學革新階段的開始。可見作者認為修辭學在魏晉已經成立，五四以後則是革新的時期；這是本書分期與周文分期的重要歧異之處。

兩種說法，各有其立論的根據。周文的重點在於介紹現代修辭學成立以前，中國修辭學經歷了怎樣的路程，為現代讀者提供一個背景的認識。本書的重點在於探討這段歷程本身的變化和發展，「修辭學」的定義不像周文那樣狹窄，所以承認魏晉開始，修辭學已經成型；而且他又有進一步的闡釋，說明各時期修辭學的特徵，如魏晉南北朝是「修辭與文體結合論的崛起期」、隋唐時代是「積極修辭（辭格）論的形成期」、宋金元時代是「消極修辭論（辭達——合于語法、邏輯）與積極修辭（辭格）論的完成期」、明清時代是「修辭學的復古期」⑧。這樣的分析，雖然

⑧ 以「修辭學的復古期」為明清二代的標籤似非恰當。復古主義確是明代文藝思想的主流，在修辭上亦主取法古代經典作品；但這不是「修辭學」的復古，因為當時並沒有「學習古代修辭學」的主張出現。因此，我們只可以稱之為：「修辭學受復古主義影響的時期」。另外清代的文藝思潮較為多樣化，難以「復古」二字涵蓋。

未算完美，但大體上已能將其中的發展脈絡呈現，爲古代修辭學研究奠下一個良好的基礎。

四、鄭著的疏漏

作者謙稱本書爲「稿」，相信將來一定再會修訂潤飾；在此我也想提出幾點個人的想法，以供參考，因爲意見比較零碎，就以點列方式表示好了：

1.頁一三一一四〈道家的修辭論〉一節論及《莊子》一書，指出其中許多反對浮雕藻飾的意見，但書中兩段表明全書的修辭手法的著名文字，卻沒有正式討論。《莊子》〈寓言〉說：

> 寓言十九，重言十七，卮言日出，和以天倪。寓言十九，藉外論之。親父不為其子媒，親父譽之，不若非其父者也；非吾罪也，人之罪也。與己同則應，不與己同則反；同於己為是之，異於己為非之。重言十七，所以已言也，是為耆艾。年先矣，而無經緯本末以期年耆者，是非先也。人而無以先人，無人道也；人而無人道，是之謂陳人。卮言日出，和以天倪，因以曼衍，所以窮年。

《莊子》〈天下〉說：

> (莊周)以謬悠之說，荒唐之言，無端崖之辭，時恣縱而不儻，不以觭見之也。以天下為沈濁，不可與莊語，以卮言為曼衍，以重言為真，以寓言為廣⑨。

⑨ 郭慶藩輯《莊子集釋》(北京：中華書局，一九六一)，頁九四七—九四九；頁一〇九八。

這兩段文字指出《莊子》一書如何借助「寓言」和「重言」來取信於人，如何適應時機採用「卮言」來表達意見，這都屬於「修辭」的範圍之內，本書不作細論，似乎是個重要的闕失。

2.頁八九作者說：

但由于近體詩的盛行，談論詩格的著作有如雨後春筍般的出現。

這些詩學著作包含了許多修辭的論見，值得仔細探討，可是本書處理這些作品的方法卻不盡確當。如頁一一五以皎然的《詩式》為初、盛唐詩格的例證，就是個錯誤。因為皎然的生平雖然未能考定，但其卒年應不早於貞元末永貞初之間，主要活動時期也在大曆、貞元時代，與他唱和的詩人包括顏眞卿、韋應物、李陽冰、顧況等人，所以《詩式》只能算是中唐的作品⑩。其實初唐的詩學作品如上官儀《筆札華梁》、元兢《詩髓腦》、崔融《唐朝新定詩體》等書（涉及的修辭論見包括聲病之迴忌、構辭之技巧，以至修辭風格），至今仍有殘存。另外盛唐王昌齡的《詩格》，中晚唐的賈島《詩格》、王叡《炙轂子詩格》、虛中《流類手鑑》、徐寅《雅道機要》、司空圖《詩品》、齊己《風騷旨格》、李宏宣《緣情手鑑詩格》等作，都有不少論見是屬於消極

⑩ 參計有功《唐詩紀事》（上海：中華書局，一九六五），卷七三，頁一〇七四——七五；辛文房《唐才子傳》（上海：古典文學出版社，一九五七），卷四，頁六八——六九；贊寧《宋高僧傳》（清光緒十年〔一八八四〕刋本），卷二九，頁一二上下。又參王夢鷗〈試論皎然詩式〉，載王著《古典文學論探索》（臺北：正中書局，一九八四），頁二九五——三一四，及許清雲《皎然詩式輯校新篇》（臺北：文史哲出版社，一九八四）。

修辭、積極修辭以至辭趣風格等範疇的。這批作品因爲多年來經庸俗的書商任意刪改，其本來面目已經模糊難認；現在從俗本所見到的書名和著者名稱都可能與舊題不同，以致被認爲是僞作⓫。但若果我們能綜合南宋陳應行編的《吟窗雜錄》、明梁橋《冰川子詩式》、王昌會《詩話類編》、胡文煥《詩法統宗》、清顧龍振《詩學指南》，以及清末從日本傳至中國的《文鏡秘府論》等詩法叢書、類書（尤其《吟窗雜錄》、《文鏡秘府論》二書所集的資料，更足珍視），重新整理輯錄，就可以爲這時期有關詩歌的修辭理論梳理出一個輪廓來。但本書只爲《文鏡秘府論》另闢一節，並說：

> 這一個時期對中國修辭學貢獻最大、影響最廣的還是日僧遍照金剛的《文鏡秘府論》。（頁一三五）

然而《文鏡》一書實在是遍照金剛離華回日之後所編成的。因爲他在日本佛學的地位非常高，此書亦一直受到日本學者的重視，「日本歷史上的反切論、聲調論、詩病與歌病論、句端說、對屬論、風體論、六義論、創作論及對比，無一不根源於《文鏡秘府論》」⓬。若說此書對日本修辭學有極大影響，則絕無疑問；但此書一直不在中國流傳，到清末駐日公使楊守敬才將之介紹到中

⓫ 參王夢鷗《初唐詩學著述考》（臺北：商務印書館，一九七七），及《古典文學論探索》，頁二九三——三七二。又參許清雲《現存唐人詩格著述初探》（臺灣東吳大學碩士論文，一九七八）。

⓬ 見王晉江《文鏡秘府論探源》（香港：天地圖書公司，一九八〇），頁二二〇。又參王利器校注《文鏡秘府論校注》（北京：中國社會科學出版社，一九八三），〈前言〉，頁一——二六。

國來，對唐代至清末以前的中國修辭學可說並無影響。因此，如果站在修辭學的歷史發展立論，本書此節只有提及郭紹虞因見《文鏡秘府論》的資料而得啓示，「決心寫語法修辭結合論」一說能夠成立，（頁一二四）其餘所論最好能還原爲各種唐代詩學論著才作細說。

本書談到宋代的修辭學時，也有類似的情況出現。第六篇第九節論胡仔的《苕溪漁隱叢話》，第十節論魏慶之的《詩人玉屑》，第十四節論郭紹虞的《宋詩話輯佚》。前二者均是類輯衆說之書，雖然《叢話》所收以北宋爲主，而《玉屑》所收以南宋居多，但同爲二書援引的書册亦有不少。後者是從各書輯出的散佚詩話的彙編，前二書也是主要的取材對象。因此，在本書中同一作者對同一修辭範疇的意見往往分隸三節，看來很覺凌亂⓭。其實作者大可參照郭紹虞另一著作《宋詩話考》的脈絡，將各種修辭意見分隸原書，然後依時序或按主題加以論述，相信倫次會較爲分明。順帶一提，本篇頁一六六引《宋詩話考》譌作《宋話話考》，理宜更正。

3.頁二八七引元楊載《詩法家數》論述「詩之體有六」、「詩之忌有四」……一段，下面解釋說：「他的所謂『詩體』，其實就是詩思」。但楊載所講的「詩體」是指「雄渾」、「悲壯」、「平淡」、「蒼古」、「沉著痛快」、「優游不迫」等項，大概與《文心雕龍》〈體性〉所講的「典雅」、「遠奧」……等「八體」同類，說是「詩思」，似乎不大準確了。

⓭ 分別在三節都有出現的詩話包括《冷齋夜話》、《藝苑雌黃》、《王直方詩話》等，分見兩節的詩話更多，如《西清詩話》、《細素雜記》、《唐子西語錄》、《石林詩話》、《誠齋詩話》等都是。

4.頁二九五〈注五七〉作者說：

清何文煥輯《歷代詩話》，其第五册卽為《六一詩話》。我以為《六一詩話》中很有語句複遝和欠通之處，可能是後人所偽托。

然後舉出其中兩條詩話爲例，說明其中文句不通之處。但這個推斷似乎論證薄弱一點；單憑語句是否「複遝」和「欠通」來進行辨僞是非常不可靠的，因爲其中主觀判斷的成分很重⑭。更何況書册屢經傳抄翻刻，文句的謬誤不一定要由原作者負責⑮。作者所據是《歷代詩話》本，然而《歐陽文忠集》已經收有《六一詩話》的全部二十八條。這本文集雖然不是歐陽修手訂的⑯，但向來沒有人懷疑其中的二十八條《詩話》是摻入的僞作。因此，在沒有強有力的證據之前，我們還可以信賴《六一詩話》是歐陽修的作品。

5.本書第七篇第四節特立一目來討論王世貞的〈國朝詩評〉（頁三一二——三一六），後來第六節再以一整節討論王世貞的《藝苑卮言》。（頁三二二——三二七）本來〈國朝詩評〉是《

---

⑭ 如作者引錄的一條詩話：「楊大年與錢、劉數公唱和，自《西昆集》出，時人爭效之，詩體一變。而先生老輩患其多用故事，至於語僻難曉；殊不知自是學者之弊。」也不見得是「前後文意不能相照應」。

⑮ 周必大〈歐陽文忠集跋〉說：「《歐陽文忠公集》自汴京、江、浙、閩、蜀皆有之。前輩嘗言公作文，揭之壁間，朝夕改定，……故別本尤多。後世傳錄旣廣，又或以意輕改，殆至訛謬不可讀。廬陵所刋，抑又甚焉，卷帙叢脞，略無統紀。」見歐陽修《歐陽文忠集》（《四部備要》本）附錄。

⑯ 《歐陽文忠集》是南年紹熙、慶元年間由周必大、孫謙益、胡柯、羅泌等編定的。

藝苑卮言》卷五的一部份，作者分在兩處討論，卻完全沒有提到二者的關係，讀者若不知底蘊，很容易誤以爲〈國朝詩評〉是一篇獨立的文章，與《藝苑卮言》無關。（按：《紀錄彙編》另收《明詩評》四卷，是王世貞較早期的作品。）如果能夠作出適當的交代，相信對讀者會有幫助。

6.頁三二五敍及王世貞論「模擬」時以「王摩詰『白鷺』『黃鸝』」爲例，作者在後面再舉列唐李肇《國史補》及宋葉夢得《石林詩話》的兩段文字來解釋王世貞的說法。《國史補》指王維〈積雨輞川莊作〉的「漠漠水田飛白鷺，陰陰夏木囀黃鸝」二句是竊取李嘉祐「水田飛白鷺，夏木囀黃鸝」二語而成的，《石林詩話》則說是「點化」，不是剽竊。看來作者也讚同葉夢得之說。然而李嘉祐的年輩後於王維，集中與大曆十才子唱和的詩很多，後人亦有指出王維偷竊或點化李嘉祐詩之說不可輕信⑰，我們在引用這些資料時，應該作進一步的深究。

7.頁三六九討論《唐音癸籤》時引述「遯叟」之說，然後在頁三七八的〈注三七〉：說「遯叟，即滄洲遯叟，宋朱熹號。」其實這裏提到的「遯叟」是《唐音癸籤》的作者胡震亨的別號，他在書中提到自己的意見時，往往於句下注明「遯叟」二字⑱。又同頁〈注四一〉引何景明〈與

---

⑰ 參胡應麟《詩藪》（上海：上海古籍出版社，一九七九新一版），內編卷五，頁一〇四；沈德潛《唐詩別裁集》（上海：上海古籍出版社，一九七九），卷一三，頁四三八。高步瀛《唐宋詩舉要》（上海：中華書局，一九五九），卷五，頁五四〇——五四一。

⑱ 參周本淳《唐音癸籤》〈前言〉，見胡震亨《唐音癸籤》（上海：上海古籍出版社，一九八一），頁一——二。

李空洞論詩書〉；「洞」字當爲「同」字之誤，「空同子」是李夢陽的別號。

五、語體修辭學的研究方法

最後，我想討論一下作者「重口語」的修辭學觀，並由此順及我個人對古代修辭學研究的想法。

郭紹虞爲本書寫的序文指出本書的優點之一是「強調言辭文辭的差異」。（郭序頁二）其實本書不單止強調「言辭」（書中亦稱之爲「語辭」）和「文辭」之別，而且明顯的表露出重視「口語」、「俚言俗語」的傾向。如第八篇「楔子」說：

> 中國的語文，自唐代佛家的語錄、宋代道家的語錄、宋詞、元曲，以至於明清的小說，是漸漸地接近口語了。但是清代學者因受歷史條件的限制，積習未除，一談到修辭，大多數是重文辭而輕語辭。（頁三七九）

又論吳德旋的〈初月樓古文緒論〉主張古文「忌小說、忌語錄、忌詩話、忌尺牘」，下加按語說：

> 這是十足禮拜文言的道學家的謬見。（頁四三八）

現代修辭學也認爲僅僅研究書卷語體是不足夠的，日常口語談話的修辭也是研究的對象。表面看來，本書和現代修辭學的研究方向是相同的。但當落實到具體問題的處理時，就會發覺兩者的理論相去甚遠。現代修辭學很重視「語境」，認爲不同的時間、地點、場合，不同的聽讀對象，以至作者（發言者）的身份、性格、修養和處境，都會影響到言語的表現，產生不同的語言變體，於是提出「語體」的觀念。不同學者對「語體」的分類各有不同的見解，如美國學者曹斯就以「冷凍體」、「正式體」、「洽商體」、「隨意體」、「親切體」五種語體來作分劃⑲。喀理斯陶及戴維在《英語語體調查》一書中則分章討論了「會話的語言」、「口頭評論的語言」、「宗教的語言」、「新聞報導的語言」、「法律文件的語言」等項⑳。王德春吸收了蘇聯語言學的功能語體分類方法，提出「日常談話語體」和「公衆書卷語體」兩項分劃類目。他特別聲明這種分劃與「口語」、「書面語」的劃分不同。因爲口語既可以是日常隨意的、非專門性的交談，也可以是專門性的報告（例如科學報告）。前者屬「談話語體」；後者則是「書卷語體」的口頭形式。「談話語體」也可以有書面形式，如語錄、談話記錄等。王德春再把「書卷語體」細分爲「科學語體」、「藝術語體」、「政論語體」、「事務語體」；這些「語體」之下還可分爲更細項的分體㉑。

回看本書，作者重視「語辭」，卻沒有辨明語體的功能，就算詩歌體裁，他一樣簡單地以爲

---

⑲ Martin Joos, *The Five Clocks* (Bloomington: Indiana University Research Centre in Anthropology, Folklore and Linguistics, 1962), esp. p. 13.

⑳ David Crystal and Derek Davy, *Investigating English Style* (London: Longmans & Green Co. Ltd., 1969), Chapter 4-8, pp. 95-217.

㉑ 見王德春〈論語體〉，載王著《修辭學探索》（北京：北京出版社，一九八三），頁七五—九七。

以「流俗語入詩」是「合於進化的原則的。」（頁三九二）清代葉燮、薛雪、沈德潛等反對隨便以「頽唐俚俗」的言語入詩，就被他批評指摘了。（頁四二二、四二三、四二五、四二六、四二七、四二八）其實詩歌是藝術語體，其功能性質本就與日常生活的談話語體不同。正如雅克愼所講，日常談話以傳意爲終極目的，而詩歌語言的審美目的卻比傳意目的來得重要㉒。前者固然以淺顯易懂爲上，後者卻不應以淺俗的程度來評價。本來沈德潛的意見是非常通達的，他說：

擬古詠懷，斷不宜入近世事與近世字面；錦罽同裘，嫌不稱也。若本敍述近事，即方言謠諺，不妨引入，顧用之如何耳。（頁四二八）

雖然論見還未算深入，但已經注意到語境與言語運用的關係了。

由此出發，我們實在可以考慮應用現代的語體觀念去重整中國古代修辭學的理論。比方說，古人對詩文的看法與今人的「文學」概念往往有廣狹的不同。現代的文學批評史家研究古代文論時，常常碰到許多「非文學」的資料；如章、表、策、論，以至行狀、墓銘的討論，都已溢出「文學研究」應照顧的範圍。但若果我們採用功能語體的研究方法，則這一大批資料正好作爲修辭學中書卷語體的研究對象；我們可以按功能將之分成若干類，然後再探討其中修辭規範的演變，

㉒ 參 Roman Jakobson, "Closing Statements: Linguistics and Poetics", in Thomas A. Sebeok, ed., *Style in Language* (Cambridge, Mass.: M. I. T. Press. 1960), pp. 350–77; Terence Hawkes, *Structuralism and Semiotics* (London: Methuen & Co. Ltd., 1979), pp. 76–87; Tony Bennett, *Formalism and Marxism* (London: Methuen & Co. Ltd., 1979), pp. 19–20.

各種修辭手法的發展等等。不過，據我的理解，似乎我們還沒有辦法去重整中國古代談話語體的修辭學史。雖然《中國修辭學史稿》和《古漢語修辭學資料滙編》中收入不少有關「口語」的資料，但細審之就會發覺這些資料都不屬於隨意閒聊的談話語體。古代提到「言辭」，通常都與政教事務有關，如《論語》〈衞靈公〉說：

辭達而已矣。

《荀子》〈非相〉說：

談說之術，矜莊以莅之，端誠以處之，堅彊以持之，分別以諭之，譬稱以明之，欣驩芬薌以送之，寶之珍之，貴之神之；如是則說常無不受。

宋陳騤《文則》說：

凡事以簡為上，言以簡為當。言以載事，文以著言，則文貴其簡也㉓。

以上所講，都不是「談話語體」。近代章炳麟提出「文辭不必分」之說，其中有這樣的講法：

文辭之稱，若從其本以為部署，則辭為口說，文為文字。古者簡帛重煩，多取記臆，故或用韻文，或用耦語。為其音節諧適，易於口記，不煩記載也。戰國從橫之士，抵掌搖脣，亦多積句，是則耦麗之體，適可稱職。（頁四〇〇）

㉓ 均見鄭奠、譚全基《古漢語修辭學資料滙編》（北京：商務印書館，一九八〇），頁一六、二一、二二〇。

正好說明所謂口說的「辭」，主要是事務的口語記錄，與日常談話無關。因此我們可以將這些資料撥入書卷語體的範疇來研究。至於談話語體的修辭學史的問題，就只好擱下不論了。

以上只是一些初步的觀察，論點能否成立，還待進一步的研究。

評兩本斷代批評史

1. 評朱榮智《元代文學批評之研究》

作者：朱榮智
書名：元代文學批評之研究
出版：臺北：聯經出版公司，一九八二（三七五面）

本書原是臺灣師範大學國文研究所的博士論文。作者朱榮智已先撰有碩士論文《兩漢文學理論之研究》，亦由聯經於一九七八年出版。朱氏於自序提到本書的撰著說：

因鑑於近人於元代之文學批評理論，論述皆欠詳備，思欲踵繼前人之功，會集衆家之長，重估其於中國文學批評史之地位。……本文之撰就，凡元人之別集、詩文評、詞曲評，其勒為一書，或零篇散見者，皆盡力蒐集，並旁及近人之著述與相關學報之論文，以求賅備。博採衆說，較論長短，庶使元代之文學批評大明於世。

作者選題不趨熱門通行，所著是目前唯一的一本元代文學批評史；這種開墾山林的努力，確值得敬佩。

《元代文學批評之研究》共七章，章目如下：

第一章　元代之文學環境
第二章　元代之文學發展
第三章　元代之文論
第四章　元代之詩論
第五章　元代之詞論
第六章　元代之曲論
第七章　元代文學批評之價值

爲便討論，在此將全書劃爲三部份：一、背景：包括第一、二章；二、本論：包括第三、四、五、六章；三、結論：第七章。

先論第一部份。第一章所謂「文學環境」包括「政治背景」和「社會背景」，而第二章則分別討論元代的傳統文學及戲曲的發展；二者都不是文學批評範疇以內的問題，所以我同列爲「背景」。據作者在自序所說：

> 吾人欲研治一代之文學批評理論，首須探究其政治背景與社會背景。蓋文學之發展，恆受時空之影響，未能摒棄一切束縛，獨立而存在。……而依附於文學羽翼之各種批評理論，尤與政治、社會相關。尤有要者，研究一代之文學批評理論，必先瞭然於當時之文學風貌。

這段話可說是從事文學批評研究者必應具有的常識，大家都會同意。不過我有一個想法：研究文學批評當然要了解當代的政治社會與文學狀況，這是研究者自己要下的基礎工夫。然而當遍採百花，釀製成蜜，將研究成果外宣時，這些政治社會文學狀況的交代，就不應只停留在浮光掠影的現象報導；反之應該是結合這些背景與文學批評實況一起作出分析，以探求其間的因果關係。本書的第一、二章還未能做到這份工作。例如第一章提到忽必烈以還蒙古帝嗣的爭逐、列朝君主的政績；但其間如何影響當世的文學批評卻無論述。(頁七—九) 又如第二章分別介紹元代散曲及雜劇作家，論列其作品、個人風格和文學史地位；但這些資料如何與元代曲論的興衰掛鈎，卻未見分析。(頁三六—四〇) 其實讀者若要知道這方面的資料，可直接研讀有關元史或元曲的專門論著，本書實在不必虛耗太多的篇幅來討論。

據我的看法，本書第三章元代文論的「緒說」反而是成功的背景論說。作者將當時的學術狀況，如儒學思想濃厚、《六經》地位崇高、理氣學說流行，以至科舉考試的影響等，配合當時文論的特色，作出分析討論，效果相當理想。第六章的曲論「緒說」雖然簡單，但仍有可取之處。

可惜詩論、詞論兩章的「緒說」部份沒有那麼詳細和深入。如果能參照文論的「緒說」改寫擴充，再移於全書卷首，作爲以後各論的「背景」，或會更爲適當。

次論朱著的「本論」部份。這部份是全書的骨幹，分別討論元代四種文學體裁——文、詩、詞、曲——的理論和批評。就以書中討論的批評家數量而言，本書比目前任何一本文學批評史的元代部份都來得完備。文論部份正式論述（以專節作個別討論或合論）的批評家有十人，以附及形式討論（書中歸入「其他」一節）的批評家有三人；詩論有九人，附及五人；詞論有二人，附及五人；曲論有四人，附及三人；去其重覆，全書總共討論了批評家三十七人。相對來說，郭紹虞著的文學批評史只論及六位元代批評家，朱東潤著的批評史只論及四家，復旦大學編的批評史只論及八家，敏澤著的批評史只論及四家，都遠不及本書。❶因此讀者若要檢閱元代的文學批評狀況，本書很有參考價值。

在「本論」的四章之中，以詩論所佔篇幅最多，共一百三十八頁（頁一二三—二六〇），幾達這部份的一半。其餘文論只佔八十頁（頁四三—一二二）、曲論佔六十五頁（頁二八九—三五

---

❶ 郭紹虞《中國文學批評史》（上海：商務印書館，一九三四—四七；此處不採一九五五年本，因舊本較詳盡），下卷，頁一一三—一四一；朱東潤《中國文學批評史大綱》（上海：古典文學出版社，一九五七），頁一七四—一七九、一八二—一八六；復旦大學中文系編《中國文學批評史》（上海：上海古籍出版社，一九七九—八一），頁一七九—二〇五；敏澤《中國文學理論批評史》（北京：人民文學出版社，一九八一），頁六二二—六三六。

三）、詞論佔二十七頁（頁二六一—二八七）。由此我們大概可以推斷作者於詩論方面，致力最多；而實際上元代文學批評也以詩論收穫最豐。❷所以下文就着這方面作較詳細的析論。

在詩論一章，最先討論的批評家就是方回。作者說：

元代之詩論，以方回最稱大家，故本章所述，亦於方回一節，着墨最多。（頁二五九）

所以用了超過七十頁（頁一二七—一九八）來討論。其中更詳細敍述方回的生平，尤其着意辨白他的人品。但我以爲這方面的論述應可省略，因爲其間於詩論並無影響的痕跡；篇中將周密《癸辛雜識別集》詆諆方回之文全數抄錄（頁一二九—一三二），就更不必要了。

另外作者又細心敍述方回所撰的《桐江集》、《桐江續集》的版本流傳情況，反而最重要的《瀛奎律髓》卻沒有考述。其實作者只需說明本書採用那一個版本，再略爲解釋爲何作此選擇，已經足夠了。然而這一個步驟卻爲作者忽略，輕重之間，就可再作斟酌了。

同樣情況又可見於本章第六節有關楊維楨的論述（頁二四三—二四七）；其中談論楊氏生平著述的篇幅佔全節的五分之三以上，詩論的研討文字佔幅反而不及。作者似應將重點放在後者之上。

再說方回之爲中國文學批評大家固不容否認，但他卻不足爲元代文學批評潮流的代表；或者應該說，方回是宋代重要詩派的遺響，因爲他是江西詩派最後的中堅，他的貢獻在於總結和修正

---

❷ 作者亦說：「元代之文學理論，自以詩論之內涵最爲宏富。」（頁一二三）

江西詩派。然而江西詩派在元代的影響力很有限，黃、陳重意理、重拙樸、重學的主張已不能動聽，只有重技巧部份仍爲元代文學批評所究心。因此以元一代的文學批評而論，方回也不應佔如此多的篇幅。

另外就方回詩論的探討方面，本書也有可商榷之處。例如作者解釋「響字」爲「聲音響亮宏大之字」，說「字響之說，實卽文學之聲律論」；（頁一五四、一五六）又說「響字」卽「句中眼」、「詩眼」；（頁一五四）這種說法與朱東潤在〈述方回詩評〉一文所講不同，朱氏說「響字」「與聲調之鏗鏘無涉」、「是致力處」。❸其實方回是否將「響字」等同「詩眼」，也是個問題。他曾列舉若干詩句的「詩眼」，然後說：

凡唐人皆如此，賈島尤精，所謂「敲門」、「推門」，爭精微於一字之間是也。（見頁一五八引）

完全沒有提到聲響的問題，依此則「詩眼」是所謂「工字」，句中致力用心的字了。

又本節詳細介紹了方回最著名的「一祖三宗」之說，從《桐江集》和《瀛奎律髓》當中輯錄出有關論說，闡明方回對杜甫、黃庭堅、陳師道和陳與義等人的推重和景仰之意。不過，有關方回與江西詩派的關係，還可以進一步探索。方孝岳《中國文學批評》就指出方回之說與呂本中《

---

❸ 見朱東潤《中國文學論集》（北京：中華書局，一九八三），頁五七、五八。

江西宗派圖》不同的地方，並據此分析，證明方回於江西派有護法起衰之功。❹朱東潤也根據這一點，說方回是「江西派中之修正派」。❺如果作者能就此再補充論說，就更理想。

本章的四、五兩節，我認爲是最有價値的部份，因爲這是一般文學批評史最輕視和忽略的一環，而實際上卻最能表現元代文學批評的一項重要特色。這兩節討論了《詩法家數》（題楊載撰）、《詩法正宗》（題揭傒斯撰）、《詩宗正法眼藏》（同上）、《木天禁語》（題范梈撰）《詩學禁臠》（同上）、《詩格》（同上）、《詩法正論》（題傅若金撰）等幾本詩法論著。因爲這些書籍一向受到輕視，所以連帶撰人誰屬，也未得論定。《四庫全書總目》提及其中三本，都一概斥爲僞撰，但理由不外是：「載在元代號爲作手，其陋何至於是」、「其荒陋已可想見」、「其淺陋尤甚，亦必非眞本」一類推測之詞，並沒有確實的根據。❻本書作者沒有襲用《四庫提要》這些「想當然」的論斷，但也沒有作出專門的考析。基於現存資料的不足，大概也不容易將各本撰人確定。只有一點可以確信的，就是這批論著都是元代作品。既然我們還未能辨白眞相，或者可以採用一個彈性的處理手法：不再將這些詩論劃撥入專人名下，改以作品爲討論的目標。這樣還可以解決《詩法正論》部份詩論的歸屬問題。因爲此書題爲傅若金所作，但其中有很多祖

❹ 見方孝岳〈中國文學批評〉，收入劉麟生編《中國文學八論》（香港：南國出版社，出版日期缺），頁八五、八九—九一。

❺ 《中國文學論集》，頁四八—五〇。

❻ 見《四庫全書總目》（臺北：藝文印書館，一九七四），卷一九七，頁一五下、一六下。

述范梈之語；作者將這些轉錄的理論都置於傅氏一節，就好像不太妥當；如果以作品爲序，問題就不存在了。

這部份詩論的宗旨大抵可從《詩法正宗》的開卷語見到：

學問有淵源，文章有法度；文有文法，詩有詩法，字有字法，凡世間一能一藝無不有法。得之則成，失之則否。信手拈來，出意妄作，本無根源，未經師匠，名曰杜撰。正如有修無證，縱是一聞千悟，盡屬天魔外道。（見頁三二〇引）

這裏很清楚的宣言：詩法是非常重要的。「詩」本來是一個抽象的、集體的理念，其中包括前代的作品、當代的作品，以至將會出現的後世作品。所謂「詩法」就是批評家發明或發現的一些永恆的準則；這些準則既是古今傑作名篇的玄機秘竅所在，更可以作爲後來學詩者的依循指引。元代這一批詩法論著就是以「爲學詩者說法」爲目標，將「詩」這一個抽象的理念視爲一項實存的物體，細意揣摩，以求得出一些標準的程式。例如將詩分解成一個一個的單位，最常見的就是以「起」、「承」、「轉」、「合」的四段論式來理解詩的結構，《詩法正論說》：

作詩成法有起承轉合四字。以絶句言之，第一句是起，第二句是承，第三句是轉，第四句是合。律詩則第一聯是起，第二聯是承，第三聯是轉，第四聯是合。或一體而作兩詩，則兩詩通爲起承轉合。……如作三首以上，及作古詩、長律，亦以此法求之。（見頁二三九－二四〇引）

或進一步討論各段落單位的選擇或組合方式，如《詩法正論》所說的：

大抵起處要平直，承處要舂容，轉處要變化，合處要淵永。起處戒陡頓，承處戒促迫，轉處戒落魄，合處戒斷送。起處若然突兀則承處必不優柔，轉處必至窘束，合處必至匱竭矣。（見頁二四〇引）

又如《木天禁語》指出五言長古篇法要注意「分段」、「過脈」、「回照」、「讚歎」等；詩篇的起句可以「實敍」、「狀景」、「問答」、「反題故事」、「順題故事」……，結句可「祝頌」、「勸戒」、「自感」、「自愛」……。（見頁二二九、二三二）

為了適應啓導初學這個要求，詩學理論就愈趨具體化和系統化。這系統化的傾向又可以在兩方面見到：

1. 詩的體類研究更趨細緻縝密：論詩辨體在宋代已非罕見，但若論嚴密深入，不能不數元代。例如《詩法家數》分別討論「律詩要法」、「古詩要法」、「絕句之法」，於古詩、律詩的五七言又作分辨；《木天禁語》中又可以看到「七言律詩篇法」、「五言長古篇法」、「七言長古篇法」、「五言短古篇法」、「七言短古篇法」、「樂府篇法」、「絕句篇法」的詳細析論。

2. 詩法的分類排列愈見繁衍：元代詩法論著很多都作分項排列，如《木天禁語》就列有「篇法」、「句法」、「字法」、「氣象」、「家數」、「音節」等「六關」，說：「一篇詩成，必須精研，合此六關方爲佳。」❼以下就按這「六關」分別論說。這是論詩系統化的一個例子。另外同書又提到：「唐人李淑，有《詩苑》一書，今世罕傳。所述篇法，止有六格，不能盡律詩之變態。今廣爲十三，檃括無遺。」可見是刻意的追求繁密。又《詩法家數》開卷數列不同層次的理論，如「詩之爲體有六……」、「詩之忌有四……」、「詩之戒有十……」、「詩之爲難有十……」、「詩之作法有八……」；❽將詩法程式化，將本來虛玄的理論用系統的形式穩定下來。

總之，這些詩法論著實在有很多地方值得我們作進一步的研究；本書能夠詳一般批評史所略，對此細心描述；在本章「結語」部份，一方面固能指出這些論著的缺點，另方面又特別點出它們「專論詩法，價値亦高。」（頁二六〇）可見作者的慧眼。

至於這些詩法論著的淵源，作者在論及《詩法家數》時，就指出其說與《滄浪詩話》、《詩人玉屑》或者《白石道人詩說》的關係。（頁二一七—二一八）然而我認爲還可以再進一步，上溯到唐代的詩格著述；如上面提到將詩分解成各單位的說法，和《吟窗雜錄》所載的徐寅《雅道機要》討論「破題」、「頷聯」、「腹中」、「斷句」等類同；又如皎然《詩式》的「四不」、「四深」、「四離」、「六迷」、「七德」等等，和上面提到的「詩之爲體有六」、「詩之忌有

❼ 見何文煥編《歷代詩話》（北京：中華書局，一九八一），頁七四一。
❽ 同上，頁七四一、七二六。

四」等應屬同一源流。《吟窗雜錄》中收列了不少唐代詩格論著，其間與元代詩法著述的關係，以至二者的產生背景，都值得深入探究，可惜至今尚未見有這方面的論文出現。

本書這部份的論述還有一項可以改善之處。因爲無論在正文和附註中，都沒有提到所用的版本；甚至翻查書後的「重要參考書目」，也只列有《詩法家數》、《木天禁語》、《詩學禁臠》三書，說明選用《歷代詩話》本；其餘《詩法正宗》、《詩宗正法眼藏》、《詩法正論》諸書的版本就沒有交代了。其實這幾本書都見於明胡文煥輯《格致叢書》、朱紱編《名家詩法彙編》，以至清顧龍振編《詩學指南》等集，但各本行文稍有差異。如果作者能清楚說明所據，讀者若要作進一步的考究，就方便得多了。

有關元代詩論的探討，作者也遺漏了一本文學批評研究者經常提及的選集——楊士弘編選的《唐音》。本書「本論」部份沒有提及此書，只在第七章論及元代文論於後世的影響時，才引用《四庫全書總目》的〈唐音提要〉，點出其重要性。(頁三六九)《提要》說是書：「正音……以初唐盛唐爲一類，中唐爲一類，晚唐爲一類。」❾雖然內中的分劃不算明確，但後來不少學者都認爲此說及《滄浪詩話》的唐詩分期名目是「四唐說」的濫觴，此外本集的選錄情況亦頗能反映元代的批評取向(例如多選李商隱、許渾等晚唐人詩)，本書不暇論此，實在可惜。

「本論」部份的其餘各章，亦有可取之處。如元代詞論本來就很沉寂，但作者仍能努力蒐

---

❾ 《四庫全總目書》，卷一八八，頁一九上。

尋，將陸輔之的《詞旨》和吳師道的七則詞話詳細揭出，以存一代之跡。文論方面，作者也能把握重心，將古文派和載道派的各家論說描敍出來；再者，作者又能注意到一些被視為低微庸陋的作法程式之書；諸如陳繹曾《文說》、倪士毅《作義要訣》等，都有論及。曲論方面，因可供採錄的資料極少，本書所論難免相當龐雜；例如第二節所述芝菴《唱論》，其中大部份都不能說是「文學」批評（只能說是歌唱技巧的討論）；又如鍾嗣成的《錄鬼簿》一書，作者說是「今人研究元代雜劇之重要資料，其中間有批評劇作家之文辭，彌足珍貴也。」（頁三一六）在本書而言，其重要性當在「批評文辭」而不在曲家的姓氏鄉里等「研究資料」，但作者花了十三頁討論這些資料，（頁三一七—三二九）而談及「批評文辭」的還不到兩頁；（頁三二九—三三〇）這都是可以再作參詳取捨的地方。

最後論第三部份。這部份只有「元代文學批評之價値」一章；下分三節：「一、承繼前代之文學理論」、「二、反映當代之文學創作」、「三、影響後代之文學批評」。本書這種處理手法是可行的。不過我想提供另一種安排，以供參考。上文曾經提到本書的背景部份不太理想；其實，這裏第一節所論，可以移到前面作為詩論的淵源背景處理；而第二節再配合「本論」各章的「緒說」部份，可以取代第二章的文學發展論述。第三節當然應該保留，或者可以再加擴充。比方說本章沒有討論詩法論著對後世的影響，然而如《詩法家數》所講的「七言律難於五言律」、「七言若可截作五言，便不成詩」，《詩法正論》講的「起、承、轉、合」，《木天禁語》的重視「起、結」等論點，在明、清詩學界中都引起不少討論，若就此加以補足，更可證明一般文學批評史書忽略這部份詩論是個重要的錯誤。

總結而言，本書資料繁茂，照顧面頗爲周全；雖然尚有可斟酌改善之處，但篳路藍縷，在文學批評史的研究道路上，當有一定的貢獻。

2. 評張健《明清文學批評》

作者：張健
書名：《明清文學批評》
出版：臺北：國家出版社，一九八三初版（三三七面）

明、清二世，可說是中國古典文學理論的成熟期；大派名家，層出不窮，素來是古代文論研究的焦點；而兩代的衆多理論之間，亦有千絲萬縷的關係，張健先生的《明清文學批評》一書將二者合併論述，是很有意義的，本書以批評家的時代先後爲序，分爲三編：

上編　明代——由復古到浪漫（論宋濂至陳子龍，共十五篇）
中編　清代前期——性靈、神韻與格調（論錢謙益至紀昀，共十六篇）
下編　清代後期——由肌理說到境界說（論翁方綱至王國維，共十三篇）

作者在自序中指出：本書是他多年研究成果和教學心得的綜合，我們要理解明清兩代的文學批評大勢及各家業績，實可以此作爲指南。以下我就自己拜讀以後的心得，作一報告。

首先我發覺本書基本上以詩論爲研討的重點。全書四十四篇中，討論詩歌理論和批評的有三十五篇（專門以詩論爲討論對象的有二十七篇，其餘篇章有些是詩文合論，有些是詩詞合論，或者與小說、戲曲合論），討論文章理論和批評的有八篇（專論文章的僅有兩篇），討論詞評的有六篇（專論則僅只三篇），討論曲評的有五篇（專論的僅只兩篇），討論小說批評的僅三篇（並無專論篇章）。我們都知道，在明淸時期，戲曲和小說的社會地位仍然不能跟詩詞文章相提並論，然而其間也湧現了不少理論和批評的著述；與前代比較，更可算是豐收期。本書闢有專篇來討論朱權、李漁、焦循等曲論家，當然恰當，但遺漏的也不少；如果我們參照朱東潤的《中國文學批評史大綱》，大概徐渭、臧懋循、沈德符、呂天成、王驥德諸家，也値得列入本書的討論範圍之內。另外王世貞是明代詩論大家，論王世貞一篇以他的詩論爲主要討論對象，當然是對的，但他的曲論也很値得介紹，因爲他在這方面的意見於當時曾引起相當廣泛的反響。本篇沒有談到他的曲論，反而在末尾一段論及他的賦評，而這也是全書唯一討論賦評的文字；這個安排，或者可以稍變。再如小說理論方面，李贄、金聖歎的《水滸》論評和王國維的《紅樓夢評論》固應論及，然而馮夢龍、凌濛初，以至毛宗崗、張竹坡、脂硯齋等於《三國演義》、《金瓶梅》、《紅樓夢》的評點讀法，也應佔上批評史的幾席。當然，這樣的增添補充就要多費大量時間氣力。作者或者可以考慮刪去分量不重的詞、曲、小說部分，改稱「明淸詩學批評」，中心論旨可能會更加純淨集中。

正如上面提到，本書以批評家爲中心單元，逐一析述。在每篇正文之前立有一欄，簡介批評家的生平和重要作品，通常更就其批評業績作一概括的論斷；眉目淸晰，便於翻閱參考。但如果作者能將這些生平資料與其理論結合印證，從生平的各個階段看理論的發展過程，可能會有更好的效果。例如王世貞有所謂「弇州晚年定論」之說，是否屬實，能否從其生平看出端倪，都值得參詳。當然，這又需要大量的繫年工作，而且不一定有成果，只宜於一些批評家的專研論著，本書只就各家的總成績來作檢討，也是可行的一法。

書中所論及的批評家有六十多位，如果單就詩論的範疇看來，已是相當完備；尤其值得高興的是：作者以其銳利的眼光，搜幽探玄，重新發掘了好幾位一向被輕視或忽略的批評家，恢復其應有的文學批評史地位。例如上編討論的胡應麟，在現存各本批評史中只被視作羽翼王世貞的末流份子，本書卻能正確的指出：

胡氏允為中國古典主義最傑出的批評家之一。其論詩眼力不僅在楊升庵之上，更勝李、何、王、李一籌。（頁六四）

胡震亨更罕見於一般文學批評論著，而本書卻認爲他的詩論：

可比美胡應麟《詩藪》，而為中明〔按：疑爲「晚明」之誤〕詩學之結束。（頁七一）

又下編說劉熙載「見解尤其精警」、理論「別具心裁」；（頁二七三、二八〇）又說李慈銘的文學批評「在晚清自成一家，幾乎無所依傍」，「一般文學批評史掛漏此人，頗堪惋惜。」（頁二八七）再如以專篇討論屠隆、李維楨、紀昀、施補華等，都可以補充一般批評史的不足。

本書的另一個特色是它的撰寫方法。中篇論吳雷發的正文開端一段所述，大抵可以作爲本書的典型例子：

茲摘引《說詩菅蒯》中的二十四條，分別為原理、方法、體裁、風格、批評五論，並酌加按語，以見吳氏詩論的梗概。（頁一八〇）

現代一般討論文學批評的論著，多採論說文體，方便貫串條理，分析議理。但本書卻採分條摘錄方式。讀者所見到的，是原件的呈現，多於摘錄者的議論。至於所分類屬，大約如上引的原理論、方法論等，或者再加鑑賞論（例見頁二六、一九八）、實際批評（例見頁二六、三九、一五一）等項。當然這種分類方法，也不一定合用，有時作者就按內容標目，如謝榛篇的「妙在含糊」、「不可解、不必解」、「天機自然」、「妙悟」……；（頁四六—五二）紀昀篇的「詩教觀」、「才思與學問並重」、「妙悟天然」……。（頁二二七—二三二）或者不作任何分類，如楊愼篇、錢謙益篇等。（頁四〇—四四，頁一〇四—一〇六）作者的按語，多以小字列於引錄原文的旁邊，前冠以「按」字，寥寥數語，或作溯源，如薛雪篇說：

此說上紹滄浪、四溟，而別有中庸精神在焉。（頁一八九）

吳雷發篇說：

此說上承北宋歐、蘇的平淡理論。恬淡、平凡是第一境，警鍊工麗是第二境，平淡妙遠是最高境。（頁一八五）

或作駁斥，如王國維篇駁其論李後主說：

此條後半所說，易引起誤解。赤子之心，人皆可以保有之，不必生深宮者始然。（頁三一四）

駁其論姜夔說：

格調高者意境雖不甚深遠，亦有餘味，此評失諸太苛。（頁三一六）

或作欣賞，如李重華篇說：

說香山排律作法之妙處，及其可能之流弊，精到可佩。（頁二〇五）

如劉熙載篇說：

「博達」二字，何等精微！（頁二七七）

形式自由無束縛，時有畫龍點睛之妙。

批評家的其中一項職能是判斷作家作品在文學史上的地位，批評家的批評家當然也應指出各家在批評史上的地位，本書於此也沒有忽略，觀其品評各家之詞如：「雖不足稱爲大家，但亦不失爲自具旗鼓的名家」（論宋濂，頁九）、「中國古典主義最傑出的批評家之一」（論胡應麟，頁六四）、「其批評業績可高踞中國十大批評家之一」（論葉燮，頁一五二）、「不失爲批評史上不可忽視的一家」（論紀昀，頁二三二）、「稱之爲第一流批評家當非過譽之詞」（論王國維，頁三三〇）等，就可知道作者不是個相對主義者。

作者又常常套用一些現代的批評知識，如「爲人生而藝術論」（頁二〇、一九〇）、「爲藝術而藝術論」（頁一八四）、「遊戲衝動說」（頁一九一、三二五）、「純詩」（頁二三一）、

「蒙太奇」、「擬人法」、「移情法」（頁三一一）等術語，在書中都不難碰上；穿插於其間的，更不乏外國文論家的名字，如廚川白村（頁三三）、克羅齊（頁五四）、懷特（頁六二）、泰納（頁一一八）、亞理士多德（頁一二六）等。這些資料的安排和運用，可以將讀者眼光拓展，不再局限於中國古典傳統；另一方面，由此我們也可以約略窺知作者所受的學術訓練，以至他對西洋文學傳統的認識。

本書分條點列的形式，就好像中國傳統的詩話一樣，可以靈活地表現作者的智慧和見識；然而，本書也同樣具有傳統詩話的缺點，富於印象主義色彩，少作深入的分析申論。書中所見評騭如「此論最爲公允」（頁六四）、「均臻高妙」（頁二九一）、「分析頗精」、「亦頗得體」（頁二九三）、「此論頗精」、「此論極洽」（頁三一六）等，大都是沒有任何解釋的。這種只向行家交代的方法，對於初入門的讀者來說，可能會覺得有點迷惘。同樣，有些按語可能需要多一點的申論，如陳子龍篇結尾一段說：

他自己在實際批評時所用的方法大致有四：印象法、溯源法、指疵法、比較法。偶而也涉及道德批評法。其中又以印象法為主。（頁一〇〇）

但上下文都不曾爲各「法」作出闡釋，也沒有摘錄原文作爲例證，讀者就不容易理解❶。又如王

❶ 作者另有〈中國文學批評的方法論〉一文，對各「法」作出簡析。此文收入他的《中國文學批評論集》（臺北：天華出版公司，一九七九），頁一——二三；但本書沒有註明，讀者未必能知。

國維篇按語說：

近人或以為境界之大小與風格之剛柔有關，恐未必然。（頁三一三）

讀者想必有興趣知道此「近人」是誰、爲何「未必然」；可惜這些疑問也未得解答。

另外部分按語也有可以斟酌之處，如施補華篇說：

「四十賢人」之喻，出自金聖歎，意謂五律中四十字，一字也放鬆不得，敷衍不得。（頁二九〇）

查此說實出自五代詩人劉昭禹，《唐詩紀事》記載他與人論詩說：

五言如四十個賢人，著一字如屠沽不得。②

又同篇評杜甫〈春宿左省〉「星臨萬戶動，月傍九霄多」兩句爲「華貴語」，按語說此評爲「獨具隻眼」（頁二九五）；查此二句本寫宮殿，「華貴」二字只能得其表象，並未深入杜詩神髓，實在難說「具眼」。

再者，本書各篇篇幅的輕重，也間有失調之處。例如葉燮既是「中國十大批評家之一」，所佔篇幅不到八頁（頁一四五—一五二）；他的弟子薛雪，成就不及乃師，也佔了十二頁多的篇幅（頁一八八—二〇〇）；再比起袁枚的十八頁和王國維的二十頁（頁二〇九—二二六，頁三一一—三三〇），似乎葉氏還未得到合理的待遇。再說明代「唐宋派」大師唐順之的論述，正文（連

② 計有功《唐詩紀事》（上海：中華書局，一九六五），卷四六，頁七〇二。

摘引原文在內）僅一百八十餘字（頁八四），看來也太粗略了。

至於全書體例不純之處亦多。例如總結一家批評業績之語，多在正文之前的專欄提出，但例外的情況也不少，如李維楨、陳子龍等篇就改作正文的開端（頁七九、九七）。另外按語多以另行小字爲之，但也有不採此例的，如論胡震亨、陳子龍等篇；又有看來似屬按語，但不冠「按」字，又不作小字的，如鍾惺篇「此說極合中庸之道……」一條（頁九二）；有時甚至不能分辨其爲按語或摘引之文的，如論劉熙載的詩論詩評部分（頁二七七—二八〇）。又摘引原文，多半不提卷頁及版本，讀者若要翻檢原文，就有不便。

想來此書當是作者的研讀札記彙集而成；例如趙執信一篇，文字與作者收入一九六七年臺灣商務印書館出版《中國文學散論》中一篇——〈談龍錄述評〉（頁九一—九六）——完全相同。同書的〈蘇軾的文學批評〉、〈王若虛的詩論〉、〈《歲寒堂詩話》述評〉各篇分別已經作者改寫成規模完整、論證周密的嚴謹論文。❸觀此，我們或可以期待作者再就此書擴充申論，成就一本規模宏大的批評史論著。

---

❸ 作者曾在《中外文學》六：一二（一九七八年五月）發表駁辯費維廉（Craig Fisk）文章的一封信，其中提到〈歲寒堂詩話述評〉一文，謙稱「那是一篇簡單而沒有太多創見的文字」，後來擴充而成的〈張戒的詩論〉「才是一篇完整而有創見的正式論文」。（頁一八〇）這篇文章（最後定名爲〈張戒詩論研究〉）後來收入《中國文學批評論集》，頁二二五—二七三。另外論蘇軾、王若虛的改定論文則收入《宋金四家文學批評研究》（臺北：聯經出版公司，一九七五），頁二——一一六；三一四—四〇九。

批評方法的典範

——評介《張愛玲短篇小說論集》

近十多年來，張愛玲始終是現代小說研究的熱門題目之一。有關張氏的資料集已出版了兩冊，以她的小說爲研究對象的論文及書冊亦有多種。本文要介紹的陳炳良著《張愛玲短篇小說論集》（臺北：遠景出版社，一九八三初版，一九八五再版），就是其中重要的評論專著之一。

《張愛玲短篇小說論集》共收有文章九篇。頭三篇可說是張氏小說的總論，分別爲：〈張愛玲短篇小說的技巧〉、〈張愛玲小說裏的女性〉、〈張愛玲短篇小說中的「啓悟」主題〉（與黃德偉合撰）；以下三篇則是單篇小說的討論：〈水仙與玫瑰——論「紅玫瑰與白玫瑰」中的佟振保〉、〈「第一爐香」的主題與主角〉、〈「封鎖」分析〉。另外一篇是「張學」的書目：〈有關張愛玲論著知見書目〉。附錄兩篇是作者學生的習作。

據作者在〈前言〉所講，他在大學任教時採用「新批評」的方法討論張愛玲的小說，而本書顯然就是這種批評方法的示例。雖然在文學理論日新月異的西方學界中，新批評「至今已覺不新鮮」，但其應用價值卻不容忽視；在歐美各大學選用的文學教本當中，其基本的練訓方式，仍然是新批評的天下。這種方法以爲作品在寫成之後，就成爲一個獨立的自足體，讀者要通過「細讀」(Close Reading) 考察挖掘其構成的方法和技巧；經由此途，作品的文學性才能顯現。尤其對於結構緊密、手法細膩的作品，譬如說：張愛玲的短篇小說，新批評方法更能大展所長。本書第一篇〈張愛玲短篇小說的技巧〉可說是這種批評方法最成功的典範：張愛玲的藝術技巧如製題、首尾呼應、發端，以至所用的電影手法、移形換位、重像、時空交叠等，都在作者細心尋繹之下揭示出來。張氏小說所運用的意象，如月亮、燃燒、動物和昆蟲等，在書中都有細緻的討論。作者更指出張愛玲常用「詩的語言」來描寫和敍述故事中的情景，而使讀者更深入地了解到人物性格和追索故事的含義。他又利用佛斯特 (E. M. Foster) 在《小說面面觀》中所講的「活的人物」(round character) 的模式去討論各篇小說的主要角色，由此見出其中「人物和情節的刻畫，都有很強的感染力。」(頁二四) 當然本書其他的文章亦不乏這種細心的探討；尤其〈水仙與玫瑰〉、〈「第一爐香」的主題與主角〉和〈「封鎖」分析〉等單篇小說的分析，更見精微。

不過本書所運用的方法並不囿於「新批評」一種。雖然作者沒有一一說明家數，但我們還可以見到好幾種文學理論的應用，其中比較明顯的是「神話及原型的批評」(Myth and Archetypal Approach)。作者與黃德偉合作的一篇論文〈張愛玲短篇小說中的「啓悟」主題〉，就以神話批評中的「啓悟」主題分析入手，分別討論〈沉香屑——第二爐香〉、〈沉香屑——第一爐香〉、〈封鎖〉和〈傾城之戀〉四篇小說，指出這四篇小說其實是四個「啓悟故事」，在一個比較廣濶的視角底下，可以反映出「中國女性在急劇變化中的社會中對新思想和新價值觀念的適應程度。」(頁五六)

此外作者又擅於以「心理分析」(Psychoanalysis)的方法批評作品。例如作者分析〈心經〉和〈茉莉香片〉時就根據佛洛伊德的學說，點出其中主角的「戀父情意結」和「戀母情意結」(Electra Complex, Oedipus Complex; 頁四、七)。另外，在分析〈紅玫瑰與白玫瑰〉和〈第一爐香〉時，又從佟振保和葛薇龍的心理分析入手，揭示出他們的自戀傾向；二者都是所謂「水仙子人物」(Narcissus character)。這些分析對我們了解小說的主題和技巧都很有幫助。

不少人如唐文標等認爲張愛玲的小說主題狹窄，而且欠缺社會性。對於第一點，本書作者也表同意(〈前言〉頁一，頁四五)，但對第二點卻有所保留。他說這些小說雖然「沒有產生『頑廉懦立』的作用，但最低限度寫出了社會的一個不太正常的現象，和人性的一個陰暗面」，部分甚且「富於時代的意義」，「描述了中國女性在新、舊社會交替和中、外文化互相激盪的期間，對『價值』的認取。」(頁四六)經過作者抽絲剝繭的主題分析(thematic study)，張愛玲小說的「道德主題」（頁九一），以至「社會批評」（頁一〇〇），都得以展現。這種批評的態度，當然也不是新批評所能規限的了。

至於〈有關張愛玲論著知見書目〉一文，總共評介了書籍十四本、論文廿七篇，雖然說不上完備（作者後來另撰有〈張學拾遺〉一文，發表在一九八六年三月十九日星島晚報，評介了另外十一種已出版的論文和書册），但卻是極有用的參考資料；再者從作者爲各篇論著所作的恰如其分的提要當中，我們還可以見到張氏小說所引起的不同意見。作者在提要的前言中說：「由於所依據的標準不同，對一個作家的評論可以是揄揚的，也可以是貶抑的。這些評論能否爲讀者所接受也端視他們能否同意所用的標準而定。有些批評家未能說明自己的標準，便大發議論，那只是『瞎纏』罷了。」（頁一〇四——一〇五）這是我們在從事文學評論時所不能不留心的。

綜合而言，作者在這本論文集中運用了不少現代文學理論的知識，與精密的剖析方法結合，使讀者能夠進一步的理解、欣賞以至評價張愛玲的小說藝術。

滄海叢刊已刊行書目(八)

書名	作者	類別
文學欣賞的靈魂	劉述先	西洋文學
西洋兒童文學史	葉詠琍	西洋文學
現代藝術哲學	孫旗譯	藝術
音樂人生	黄友棣	音樂
音樂與我	趙琴	音樂
音樂伴我遊	趙琴	音樂
爐邊閒話	李抱忱	音樂
琴臺碎語	黄友棣	音樂
音樂隨筆	趙琴	音樂
樂林蓽露	黄友棣	音樂
樂谷鳴泉	黄友棣	音樂
樂韻飄香	黄友棣	音樂
樂圃長春	黄友棣	音樂
色彩基礎	何耀宗	美術
水彩技巧與創作	劉其偉	美術
繪畫隨筆	陳景容	美術
素描的技法	陳景容	美術
人體工學與安全	劉其偉	美術
立體造形基本設計	張長傑	美術
工藝材料	李鈞棫	美術
石膏工藝	李鈞棫	美術
裝飾工藝	張長傑	美術
都市計劃概論	王紀鯤	建築
建築設計方法	陳政雄	建築
建築基本畫	陳榮美 楊麗黛	建築
建築鋼屋架結構設計	王萬雄	建築
中國的建築藝術	張紹載	建築
室內環境設計	李琬琬	建築
現代工藝概論	張長傑	雕刻
藤竹工	張長傑	雕刻
戲劇藝術之發展及其原理	趙如琳譯	戲劇
戲劇編寫法	方寸	戲劇
時代的經驗	汪琪 彭家發	新聞
大衆傳播的挑戰	石永貴	新聞
書法與心理	高尚仁	心理

滄海叢刊已刊行書目(七)

書名	作者	類別
印度文學歷代名著選(上)(下)	糜文開編譯	文學
寒山子研究	陳慧劍	文學
魯迅這個人	劉心皇	文學
孟學的現代意義	王支洪	文學
比較詩學	葉維廉	比較文學
結構主義與中國文學	周英雄	比較文學
主題學研究論文集	陳鵬翔主編	比較文學
中國小說比較研究	侯健	比較文學
現象學與文學批評	鄭樹森編	比較文學
記號詩學	古添洪	比較文學
中美文學因緣	鄭樹森編	比較文學
文學因緣	鄭樹森	比較文學
比較文學理論與實踐	張漢良	比較文學
韓非子析論	謝雲飛	中國文學
陶淵明評論	李辰冬	中國文學
中國文學論叢	錢穆	中國文學
文學新論	李辰冬	中國文學
離騷九歌九章淺釋	繆天華	中國文學
苕華詞與人間詞話述評	王宗樂	中國文學
杜甫作品繫年	李辰冬	中國文學
元曲六大家	應裕康 王忠林	中國文學
詩經研讀指導	裴普賢	中國文學
迦陵談詩二集	葉嘉瑩	中國文學
莊子及其文學	黃錦鋐	中國文學
歐陽修詩本義研究	裴普賢	中國文學
清真詞研究	王支洪	中國文學
宋儒風範	董金裕	中國文學
紅樓夢的文學價值	羅盤	中國文學
四說論叢	羅盤	中國文學
中國文學鑑賞舉隅	黃慶萱 許家鸞	中國文學
牛李黨爭與唐代文學	傅錫壬	中國文學
增訂江皋集	吳俊升	中國文學
浮士德研究	李辰冬譯	西洋文學
蘇忍尼辛選集	劉安雲譯	西洋文學

滄海叢刊已刊行書目㈥

書名	作者	類別
卡薩爾斯之琴	葉石濤	文學
青囊夜燈	許振江	文學
我永遠年輕	唐文標	文學
分析文學	陳啓佑	文學
思想起	陌上塵	文學
心酸記	李喬	文學
離訣	林蒼鬱	文學
孤獨園	林蒼鬱	文學
托塔少年	林文欽編	文學
北美情逅	卜貴美	文學
女兵自傳	謝冰瑩	文學
抗戰日記	謝冰瑩	文學
我在日本	謝冰瑩	文學
給青年朋友的信(上)(下)	謝冰瑩	文學
冰瑩書柬	謝冰瑩	文學
孤寂中的廻響	洛夫	文學
火天使	趙衛民	文學
無塵的鏡子	張默	文學
大漢心聲	張起鈞	文學
回首叫雲飛起	羊令野	文學
康莊有待	向陽	文學
情愛與文學	周伯乃	文學
湍流偶拾	繆天華	文學
文學之旅	蕭傳文	文學
鼓瑟集	幼柏	文學
種子落地	葉海煙	文學
文學邊緣	周玉山	文學
大陸文藝新探	周玉山	文學
累盧聲氣集	姜超嶽	文學
實用文纂	姜超嶽	文學
林下生涯	姜超嶽	文學
材與不材之間	王邦雄	文學
人生小語(一)(二)	何秀煌	文學
兒童文學	葉詠琍	文學

滄海叢刊已刊行書目（五）

書名	作者	類別
中西文學關係研究	王潤華	文學
文開隨筆	糜文開	文學
知識之劍	陳鼎環	文學
野草詞	韋瀚章	文學
李韶歌詞集	李韶	文學
石頭的研究	戴天	文學
留不住的航渡	葉維廉	文學
三十年詩	葉維廉	文學
現代散文欣賞	鄭明娳	文學
現代文學評論	亞菁	文學
三十年代作家論	姜穆	文學
當代臺灣作家論	何欣	文學
藍天白雲集	梁容若	文學
見賢集	鄭彥棻	文學
思齊集	鄭彥棻	文學
寫作是藝術	張秀亞	文學
孟武自選文集	薩孟武	文學
小說創作論	羅盤	文學
細讀現代小說	張素貞	文學
往日旋律	幼柏	文學
城市筆記	巴斯	文學
歐羅巴的蘆笛	葉維廉	文學
一個中國的海	葉維廉	文學
山外有山	李英豪	文學
現實的探索	陳銘磻編	文學
金排附	鍾延豪	文學
放鷹	吳錦發	文學
黃巢殺人八百萬	宋澤萊	文學
燈下燈	蕭蕭	文學
陽關千唱	陳煌	文學
種籽	向陽	文學
泥土的香味	彭瑞金	文學
無緣廟	陳艷秋	文學
鄉事	林清玄	文學
余忠雄的春天	鍾鐵民	文學
吳煦斌小說集	吳煦斌	文學

滄海叢刊已刊行書目㈣

書名	作者	類別
歷史圈外	朱桂	歷史
中國人的故事	夏雨人	歷史
老臺灣	陳冠學	歷史
古史地理論叢	錢穆	歷史
秦漢史	錢穆	歷史
秦漢史論稿	刑義田	歷史
我這半生	毛振翔	歷史
三生有幸	吳相湘	傳記
弘一大師傳	陳慧劍	傳記
蘇曼殊大師新傳	劉心皇	傳記
當代佛門人物	陳慧劍	傳記
孤兒心影錄	張國柱	傳記
精忠岳飛傳	李安	傳記
八十憶雙親 師友雜憶 合刊	錢穆	傳記
困勉強狷八十年	陶百川	傳記
中國歷史精神	錢穆	史學
國史新論	錢穆	史學
與西方史家論中國史學	杜維運	史學
清代史學與史家	杜維運	史學
中國文字學	潘重規	語言
中國聲韻學	潘重規 陳紹棠	語言
文學與音律	謝雲飛	語言
還鄉夢的幻滅	賴景瑚	文學
葫蘆・再見	鄭明娳	文學
大地之歌	大地詩社	文學
青春	葉蟬貞	文學
比較文學的墾拓在臺灣	古添洪 陳慧樺 主編	文學
從比較神話到文學	古添洪 陳慧樺	文學
解構批評論集	廖炳惠	文學
牧場的情思	張媛媛	文學
萍踪憶語	賴景瑚	文學
讀書與生活	琦君	文學

滄海叢刊已刊行書目(三)

書名	作者	類別
不疑不懼	王洪鈞	教育
文化與教育	錢穆	教育
教育叢談	上官業佑	教育
印度文化十八篇	糜文開	社會
中華文化十二講	錢穆	社會
清代科舉	劉兆璸	社會
世界局勢與中國文化	錢穆	社會
國家論	薩孟武譯	社會
紅樓夢與中國舊家庭	薩孟武	社會
社會學與中國研究	蔡文輝	社會
我國社會的變遷與發展	朱岑樓主編	社會
開放的多元社會	楊國樞	社會
社會、文化和知識份子	葉啓政	社會
臺灣與美國社會問題	蔡文輝 蕭新煌 主編	社會
日本社會的結構	福武直 著 王世雄 譯	社會
三十年來我國人文及社會科學之回顧與展望		社會
財經文存	王作榮	經濟
財經時論	楊道淮	經濟
中國歷代政治得失	錢穆	政治
周禮的政治思想	周世輔 周文湘	政治
儒家政論衍義	薩孟武	政治
先秦政治思想史	梁啓超原著 賈馥茗標點	政治
當代中國與民主	周陽山	政治
中國現代軍事史	劉馥著 梅寅生譯	軍事
憲法論集	林紀東	法律
憲法論叢	鄭彥棻	法律
師友風義	鄭彥棻	歷史
黃帝	錢穆	歷史
歷史與人物	吳相湘	歷史
歷史與文化論叢	錢穆	歷史

滄海叢刊已刊行書目(二)

書名	作者	類別
語言哲學	劉福增	哲學
邏輯與設基法	劉福增	哲學
知識・邏輯・科學哲學	林正弘	哲學
中國管理哲學	曾仕强	哲學
老子的哲學	王邦雄	中國哲學
孔學漫談	余家菊	中國哲學
中庸誠的哲學	吳怡	中國哲學
哲學演講錄	吳怡	中國哲學
墨家的哲學方法	鍾友聯	中國哲學
韓非子的哲學	王邦雄	中國哲學
墨家哲學	蔡仁厚	中國哲學
知識、理性與生命	孫寶琛	中國哲學
逍遙的莊子	吳怡	中國哲學
中國哲學的生命和方法	吳怡	中國哲學
儒家與現代中國	韋政通	中國哲學
希臘哲學趣談	鄔昆如	西洋哲學
中世哲學趣談	鄔昆如	西洋哲學
近代哲學趣談	鄔昆如	西洋哲學
現代哲學趣談	鄔昆如	西洋哲學
現代哲學述評(一)	傅佩榮譯	西洋哲學
懷海德哲學	楊士毅	西洋哲學
思想的貧困	韋政通	思想
不以規矩不能成方圓	劉君燦	思想
佛學研究	周中一	佛學
佛學論著	周中一	佛學
現代佛學原理	鄭金德	佛學
禪話	周中一	佛學
天人之際	李杏邨	佛學
公案禪語	吳怡	佛學
佛教思想新論	楊惠南	佛學
禪學講話	芝峯法師譯	佛學
圓滿生命的實現(布施波羅蜜)	陳柏達	佛學
絶對與圓融	霍韜晦	佛學
佛學研究指南	關世謙譯	佛學
當代學人談佛教	楊惠南編	佛學

滄海叢刊已刊行書目(一)

書名	作者	類別
國父道德言論類輯	陳立夫	國父遺教
中國學術思想史論叢(一)(二)(三)(四)(五)(六)(七)(八)	錢穆	國學
現代中國學術論衡	錢穆	國學
兩漢經學今古文平議	錢穆	國學
朱子學提綱	錢穆	國學
先秦諸子繫年	錢穆	國學
先秦諸子論叢	唐端正	國學
先秦諸子論叢(續篇)	唐端正	國學
儒學傳統與文化創新	黃俊傑	國學
宋代理學三書隨劄	錢穆	國學
莊子纂箋	錢穆	國學
湖上閒思錄	錢穆	哲學
人生十論	錢穆	哲學
晚學盲言	錢穆	哲學
中國百位哲學家	黎建球	哲學
西洋百位哲學家	鄔昆如	哲學
現代存在思想家	項退結	哲學
比較哲學與文化(一)(二)	吳森	哲學
文化哲學講錄(一)(二)(三)(四)	鄔昆如	哲學
哲學淺論	張康譯	哲學
哲學十大問題	鄔昆如	哲學
哲學智慧的尋求	何秀煌	哲學
哲學的智慧與歷史的聰明	何秀煌	哲學
內心悅樂之源泉	吳經熊	哲學
從西方哲學到禪佛教 —「哲學與宗教」一集—	傅偉勳	哲學
批判的繼承與創造的發展 —「哲學與宗教」二集—	傅偉勳	哲學
愛的哲學	蘇昌美	哲學
是與非	張身華譯	哲學